河出文庫

奔る合戦屋 上

北沢秋

河出書房新社

奔る合戦屋　上◎目次

日本海
越後國
信濃國
水内郡
頸城郡
春日山城
鳥坂城
鮫ヶ尾城
西条城
善光寺
北國街道
村上
葛尾城
矢代
野尻
坂木
戸山城
砥石城
埴科郡
矢沢城
飯山
井上
高井郡
中野
坂戸城
今井城
魚沼郡

筑摩郡
安曇郡
伊那郡
深志
林城
諏訪
和田峠
小県郡
諏訪郡
東
山
道
長窪城
海
芦田
布引
望月
雁峰城
小
前山城
下畑城
佐
久
甲
州
街
道
海尻城
岩村田
医王寺城
府中
追分
大井城
躑躅ヶ崎城
海ノ口城
佐久郡
甲斐國
内山城

奔る合戦屋◎上

第一章　天文二年　夏

一

東信濃の夏空のあちこちに、入道雲が逞しく湧き上がってきらきらと輝いている。だが草原を吹き抜ける爽やかな風には、早くも秋の気配があった。周囲の雑木林からは、ひぐらしの哀調を帯びた透明な鳴き声が耳に痛いほどである。

天文二年（一五三三年）八月、北信濃四郡から東信濃の小県郡、佐久郡の一部までを支配する大豪族の村上義清は、今は有坂氏がこもる有坂城（現・長野県佐久市の東部に所在。以下長野県は略）を包囲しているところだった。

佐久郡は、義清の父顕国から二代掛かって大井氏、滋野一族（海野氏、禰津氏、真田氏、望月氏など）をあるいは服属させ、あるいは追い払って拡大した新領地である。それだけにそれらの残党達が隙を見ては蜂起を繰り返す治め難い土地で、今もこうして有坂氏が突然反旗を翻して手を焼かせているのだ。

義清の副将である室賀光氏は城から十町（約千百メートル）ばかり離れたぶなの森陰に陣を敷き終わってから、与力として預けられている侍大将の石堂一徹を呼んで、酒を酌み交わしつつ明日のいくさについて意見を交わしていた。

「古来、城を攻めるのには寄せ手に三倍の兵力を要するというのが常識じゃ。それが三千五百の兵で千五百の兵がこもる城を攻撃するとあっては、辛いいくさになろうな」

有坂義春の動員能力は、どう頑張っても一千名が限度である。それを読んで村上義清は三千五百の兵を引き連れてきたのだが、義春は本家である上野（現・群馬県）の碓氷郡松井田の有坂家から重臣の児玉秋次郎率いる五百の軍勢を借りて、この城にこもったのだ。

「殿は例によって力攻め一本槍でございましょう。しかしそれでは味方の犠牲が大きくなり過ぎまする。何か策が欲しいところでございますな」

石堂一徹はまだ十九歳の若輩ながら、六尺二寸（約百八十八センチ）の巨軀を生かしての武芸は村上家随一との定評があり、さらにそのいくさの駆け引きのうまさでも群を抜いた存在であった。しかし石堂家は千四百石であったからその兵力は四十名強に過ぎず、いくさに当たっては有力武将の配下に入るのを常とした。

こうした場合、有力武将を『寄り親』、配下に入る武士を『与力』と呼んだ。室賀

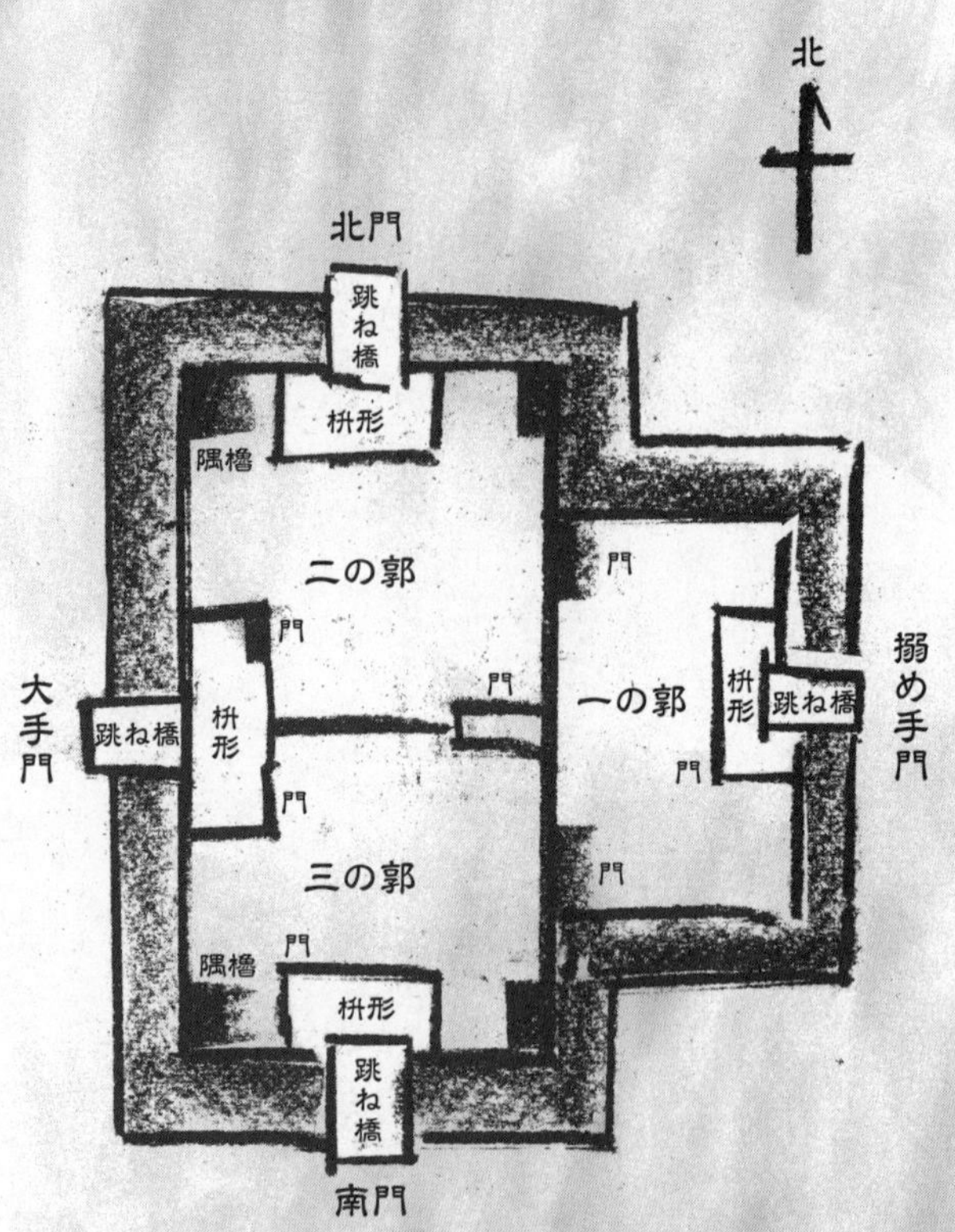
北
北門
跳ね橋
枡形
隅櫓
二の郭
門
門
門
一の郭
門
門
枡形
跳ね橋
搦め手門
大手門
跳ね橋
枡形
門
三の郭
門
隅櫓
枡形
跳ね橋
南門

有坂城見取り図

光氏は布引城（現・小諸市大字大久保に所在）主で、一徹の武将としての器量を高く買っていたから、強く請うて一徹を与力として迎えている。一徹もまた、平時でも戦場でも「俺が俺が」と出しゃばることのない温厚な性格の光氏に好意を抱いていた。

幸いなことに、もと有坂家の家臣で現在は村上家に仕えている柳沢道正という男がかつて有坂城には何度も詰めていたことがあり、その当時の記憶を辿って見取り図を作成し、その写しが各部署に配布されていた。光氏と一徹は見取り図を広げ、頭を寄せ合ってじっと見入った。

有坂城は緩やかな丘陵の頂を削って築いた平山城で、千五百人が籠城しているだけあって周囲に空堀を巡らし、高い土塁の中に一の郭、二の郭、三の郭を巡らす大城塞である。西側にある大手門から見ると、左（北）側が二の郭、右（南）側が三の郭で、その奥（東側）の一段高いところに一の郭がある。地形的には、大手門のある西側がもっとも傾斜が緩く、北と南がこれに次ぐ。

この三面は草原の中のあちこちに雑木林が散在している形なので、兵の集散にはまったく問題がない。ただ搦め手に当たる東側は傾斜が急なばかりでなく、木立も濃くて森林の中を一本の細い道が走っているだけなので、軍勢の移動には向かない。

そこで明日は、大手門がある西側からは大将である村上義清が千五百名を率いて、北側からは副将の屋代政重が、南側からは同じく副将の室賀光氏がそれぞれ千名を率いて、早朝から攻撃を開始する手筈になっていた。東側が空けてあるのは、敵に逃げ道を与えて徹底抗戦をさせないようにする城攻めの定法でもある。

酒を干しながらしばらく宙を睨んでいた一徹は、やがて目に強い光を浮かべて光氏に向かい合った。

「どの方面からも攻め難いが、なかでも殿が担当する大手門は空堀の深さ、城門の規模、いずれをとっても最難関でございましょう。ここは何としても、我らが三の郭を攻め落とし、中から大手門を開くことが肝要でございます。

そのために、よい策を思い付いてござる。しかし、いくさの駆け引きに長けた侍大将が一人欲しい。誰が適任でございましょうか」

「さよう、我が手の内では坂田官兵衛であろうかな」

「成る程、坂田様ならば適任でございましょう。早速この場に呼んでくだされ」

坂田官兵衛は、三十代半ばの髯の濃い精悍な顔立ちをした大柄な武将であった。一徹の策を聞いた官兵衛は、破顔一笑して頷いた。

「大役でござるな。しかしこのような晴れの舞台を与えられたのは、まことに名誉なことでござる。喜んでお引き受けいたそう」

虎穴に入らずんば虎児を得ずとの諺通り、危険を冒さなければ功名は手に入らない。

敵味方の注視の中で堂々と大芝居を演ずるとなれば、その手柄は少なくとも村上義清から感状を受けられるのは確実であろう。手柄好みの坂田官兵衛が勇み立つのは当然であった。

ここまでの打ち合わせを先に済ませてから、室賀光氏は配下の侍大将達を呼び集めて明日のいくさについての指示を与えた。

攻撃開始は三方向とも辰の刻（午前八時）と申し合わせてある。その小半刻（三十分）ほど前に、坂田官兵衛は二百の軍勢を率いて城の南門に向かう緩やかな斜面を登っていた。今日も朝から入道雲が湧く快晴で、具足を身に纏って馬を進めていくとそれだけで全身に汗が滲んできた。

これから坂田官兵衛が行おうとしているのは大物見であった。これは百名、二百名といった規模の軍勢が敵陣間際まで接近して充分に偵察を行い、敵側が追い払いにくれば交戦しつつ撤退するというもので、この役目はいくさに慣れた老練の武将でなければ難しいとされている。

三の郭から五十間（約九十メートル）ばかり手前から右手の林が途切れ、そこから先は両側とも膝まで届く濃い緑の草原である。官兵衛は城からは四十間（約七十二メートル）手前で馬を止め、従っている軍勢に敵の城門の正面で臨戦態勢を取らせた。

まず五十名の弓衆が横一線に展開した後ろに、これも五十名の槍衆が片膝をついて槍を立てて構え、馬乗りの武士十五名とその郎党達はその後方のそれぞれ定められた位置についた。

坂田官兵衛は弓衆の前に馬を進めて、悠々とした態度で有坂城の様子を眺めやった。黒塗りの城壁は幅が百間（約百八十メートル）ほどあって、東西の角に小ぶりの隅(すみ)櫓(やぐら)がある。地形は西に行くほど下がっているので、右手に遠望する一の郭も、その城壁も目の前の三の郭より五間は高くそびえ立っている。

三の郭の城壁の手前には深さ二間（約三・六メートル）、幅四間ほどの空堀があるが、城側は空堀の傾斜のままにその上にさらに二間の土塁を掻き揚げ、その上に一間強の城壁を築いている。空堀の斜面には、いたる所に逆茂木(さかもぎ)（茨の枝を逆さに立てて垣に結った防御設備）や乱杭(らんぐい)（不規則に杭を打ち込み、縄を張り巡らして敵の侵入を防ぐ設備）が設けられていた。

（力攻めをするとなればまず深さ二間の空堀に飛び降りて逆茂木や乱杭を乗り越え、さらに向こう側の四間の急斜面を駆け上がらなければなるまい）

官兵衛は、身が引き締まる思いであった。

攻城戦の難しさは、敵は城門や城壁といった堅固な防御物の後ろに身を置いて、安全な高所にあって矢狭間(やさま)（矢を放つための縦長の小窓）からは矢を乱射し、石落としからは巨石を降り注いで寄せ手を思うがままに攻撃できることに尽きる。寄せ手としては、具足を纏っているとはいえ、木の楯だけを頼りに白日の下に全身をさらして五貫（約十九キロ）、六貫もの巨石が降り注ぐ猛攻に耐え続けなければならないのだ。何かの好機を摑んで反撃に転ずるまでは、おびただしい犠牲を出しつつひたすら耐えるしかない。

城壁の真ん中あたりに門があってそこに空堀を渡るための跳ね橋があるが、今は巻き上げられて門扉に張りついているように見える。いかにも難攻不落の構えで、坂田官兵衛も昨日のうちに一徹の秘策を聞いていなければ、身の毛のよだつ思いであった。官兵衛は馬上で小手をかざして、これから攻めるべき有坂城の詳細な観察に余念がなかった。手には矢立と懐紙の束を持っていて、何か気がつくたびにせっせと筆を走らせていた。

城門の上に見張り台があり、そこに二十人ばかりの軍勢がこちらを注視しているのがよく見える。僅か四十間の距離だから、敵の甲冑によって高級武士か雑兵かもはっきりと識別できる。

やがて、その中の指揮官とおぼしき武将が采配を振って何かを命じたようであった。すぐに城門の木の扉が左右に開いたと思うと、ほとんど同時に跳ね橋が下りて軍勢が押し出してきた。

「退け」

坂田官兵衛はそう命じて、敵が隊伍を整える前に退却に移った。大物見の役目は偵察なのだから、無用な戦闘は避けるのが当然であった。背を向けて逃げ出した坂田勢を見て、三百名ほどの城方はかさにかかって追撃してきた。

官兵衛は背後に敵が迫ったのを察知すると、振り返って敵と戦いつつ機を見てはまた兵を退いた。城方もあくまでも坂田勢を追い払うのが目的なので、命を懸けて戦うまでの気迫はない。官兵衛はそれを利してたくみに敵の鋭鋒をあしらいつつ、一町（約百十メートル）ばかりも後退した。

その時、追撃する城方の左手から突然何本もの矢が飛んできて、たちまち騎馬の侍が三騎、四騎と馬から転げ落ちた。驚いた有坂勢が首を巡らして左手を見ると、森陰から二百名ほどの軍勢が群がり起こってきたではないか。

しかもその先頭に立っているのは全身真っ白な巨馬にまたがる偉丈夫（いじょうふ）で、背には九枚笹の旗印が風に翻っている。

「すわこそ、あれは石堂一徹ではないか」

勇猛をもって鳴る村上勢の中でも武勇第一は石堂一徹という評判は、有坂勢でも知らぬ者はない。一徹は弓を郎党に渡して代わりに槍を受け取ると、その槍を上げて全軍に突撃を命じた。

敵も味方もその朱塗りの槍を見て息を呑んだ。騎馬武者の槍は一間半（約二・七メートル）が定寸であるが、一徹のそれは明らかに槍衆の三間半（約六・三メートル）の槍よりも長く、恐らくは四間（約七・二メートル）にも達するであろう。

石堂勢は一徹を頂点とする鋭い楔形（くさびがた）の陣形で、そのまま有坂勢の真ん中に突っ込んでいく。これはいわば石堂勢のお家芸と言うべき得意の戦法で、敵のどんな堅陣にでも板に錐（きり）を立てるように穴を開けてしまうことから、『石堂勢の錐立て』と呼ばれて恐れられている突撃であった。

一徹は前を遮る敵の騎馬武者を槍先にかけたと思う間もなく、次の瞬間にはその武者を馬上から引き抜いて天高く放り上げた。その光景を目撃した者は、目の前で起きていることなのにとても自分の目が信じられなかった。重い甲冑を身につけた騎馬武者を藁人形のように宙に舞い上げることなど、いかに一徹が並外れた体軀の持ち主にしろ、到底人間にできる技とは思われないのが当然であろう。

しかし一徹は息を呑んで見守っている敵味方の前で、次の騎馬武者に対しても同じ荒業を演じて見せた。初めて村上勢から驚嘆の歓声が沸き上がった。

（石堂一徹こそは、信濃に並ぶ者がない豪勇だ）

と誰もが思い、村上勢の気勢はいやがうえにも上がった。

度肝を抜かれた敵はその突進を受けきれずに、左右に開いて道を空ける有様であった。敵軍の横幅はせいぜい三十間（約五十四メートル）しかなかったから、石堂勢はたちまち有坂勢を前後に分断してしまった。

一徹はそこで突撃を止め、朱槍を郎党に渡して常用の一間四尺（約三メートル）の槍を受け取ると、かねての手筈通り百五十名は城に近い後方の敵に当たらせ、自らは五十名を率いて前方の敵に立ち向かった。

また偽って敗走しては城方をここまでおびき出すことに成功した坂田官兵衛も、一徹の動きを見て素早く反転して有坂勢への攻撃を開始した。

浮かれきって坂田勢を追い散らしていた侍大将の土屋宗右衛門以下の城方は、たちまち前後を石堂一徹と坂田官兵衛から挟撃される羽目になり、愕然として顔色を失った。

二

同じ頃、有坂義春の副将で三の郭の守備を担当している黒岩源吾は、南門の上の見張り台から戦況を見下ろして呆然としていた。

今度の籠城戦に当たっては、有坂勢の間では楽観的な予測が圧倒的であった。たしかに兵力的には三千五百と千五百で劣勢であったが、有坂城の堅固な防御力はその不利を補って余りあるものと考えられていたからである。
それに城内には兵糧米の備蓄が充分あり、二ヶ月や三ヶ月の籠城にはびくともしない。

この時期には信濃のどの地方でも稲が豊かな実りを迎えつつある。兵農分離が進んでいない当時は雑兵の大半は百姓を動員したものであり、来月には刈入れのために彼らを出身地に帰してやらなければならない。この一ヶ月を持ちこたえさえすれば、村上勢は兵を退かざるを得ないのだ。

今朝辰の刻（午前八時）前に村上勢に動きがあるとの報告を受けた黒岩源吾は、早速南門の見張り台に上がってみた。誰の見る目も、敵の侍大将の行動は大物見ということで一致していた。

もし目の前の軍勢が村上勢の先陣であるならば、本陣はそのすぐ後ろに詰めていなければならない。しかし寄せ手の本陣は十町もの後方にあって、静まり返って動く気配もない。目の前の軍勢は有坂城の偵察を済ませ次第、本陣へ報告に引き返すのに違いなかろう。

「黙って物見をさせておくのも面白うござらぬ。一当てして追い払いましょうぞ」

侍大将で黒岩源吾が片腕とまで頼んでいる土屋宗右衛門が、逸り（はや）きった表情でそう意見具申した。黒岩源吾は頷いて言った。

「土屋殿は、三百の兵を率いて出撃せよ。しかし逃げる敵を深追いしてはならぬぞ。首の二つ、三つも取ればそれで充分じゃ。すぐに城内に退き上げて勝ち鬨を上げれば、味方の士気は大いに上がるであろうよ」

（いくさとは気のものだ）

ということを、黒岩源吾は長い経験で知り抜いている。籠城戦とはいえ、ただ守りに徹しているだけではどうしても士気が衰えてしまう。戦果としてはたいしたことはなくても、緒戦で敵を追い散らせば形の上では勝ちであり、味方は一気に元気づくであろう。

そして戦闘は予期した通りの経過を辿っていた。坂田勢は土屋勢の出撃を知ると、ただちに兵を退いて本陣を目指して逃げ始めた。土屋勢は勢い込んでその後を追い、たちまちいくつか雑兵の首を挙げた。

一町ばかり進撃したところで、もう戦果は充分と見た黒岩源吾は退き鉦を鳴らして撤収を図ろうとした。

異変はその時に起きた。左手の森陰に潜んでいた石堂一徹が、突然立ち上がって横手から突撃を仕掛けてきた。その一徹の動きを待っていたかのように、敗走していた大物見の軍勢はたちまち身を翻して土屋勢に反撃に出た。

さらに遠望すれば、ついさっきまでは静まり返っていた敵の本陣も、一徹に呼応するように今や全速で戦場に駆けつけつつあるではないか。

「しまった、敵にははかりごとがあったか」

黒岩源吾は血が出るほどに激しく、唇を噛んだ。この籠城戦が有坂勢に有利であると信じていたのは、この城の強固な防御力があればこその話なのだ。それが相手の計略にうまうまと乗せられて、預けられた四百五十名のうち三百名までもが城外の草原に引っ張り出されてしまった。

双方が全軍を青空の下にさらしてぶつかり合う野戦となれば、兵力の多寡(たか)がそのまま勝敗に直結する。ざっと見たところ、石堂勢は二百、大物見勢も同じく二百で合計四百、しかも石堂勢は村上家きっての精鋭とあっては、質量ともに到底土屋勢に勝ち目はあるまい。

さらには、およそ六百の敵の本陣もすでに戦場から四、五町のところまで間合いを詰めてきており、参戦するのも時間の問題であろう。

「退き鉦を鳴らせ」

目の前が真っ暗になる思いで、黒岩源吾は叫んだ。すぐに鉦が連打され、それを聞きつけた城に近い百五十名はたちまち戦場に背を向けて駆け出した。

それは隊伍を整えて整斉(せいせい)と退却するといった統制の取れた動きではなく、郎党も足軽も騎乗の武士までもが恐怖に駆られて戦場を放棄し、個々に逃走しているだけの、まことに見苦しい姿であった。

苦戦を覚悟しての出陣ならば、多少は不利な態勢になっても踏ん張りが利く。なまじ大物見勢は土屋勢を見れば逃げ出すはずという軽い気持ちで城を出ただけに、いったん敵のはかりごとに掛かったと知ると、一気に浮き足立って抑えが利かなかった。

「追え、追え」

それを見て取った石堂勢は、百五十名は掛け声も高らかに逃げる城方にぴったりと追尾して、背後から槍を繰り出しては楽々と戦果を挙げ始めた。石堂一徹は残りの五十名を率いて相変わらず土屋宗右衛門が率いる百五十名を攻め立てていたが、背後の味方との間に距離ができると、土屋勢を適当にあしらいながら防御線を絶えず城に向かって移動させた。

土屋勢が石堂勢を背後から襲わないように一徹自らが殿（しんがり）を務めているのだが、その余裕綽々（しゃくしゃく）の駆け引きのうまさには、源吾も敵ながら舌を巻く他はなかった。

敗走する城方は、その先頭が早くも跳ね橋へと掛かってきた。黒岩源吾の苦悩は、頂点に達しようとしていた。

（味方を城内に収容するためには、跳ね橋を降ろして門の扉を開け放っておかなければならぬ。しかし村上勢の侵入を防ぐためには、跳ね橋を上げて扉を閉じる必要がある）

これが有坂勢を村上勢が追撃してくるという単純な図式なら、黒岩源吾も多少の犠牲は覚悟の上で早めに門を閉じるという決断ができた。しかし現実の状況は、百五十の土屋勢を二百の石堂勢がぴったりと追尾し、その後ろには土屋宗右衛門以下の百五十の土屋勢が続き、さらにそれを大物見勢の二百が迫っている。

もし城に近い百五十名の味方を収容した時点で門を閉じてしまえば、土屋宗右衛門が率いる百五十名は城外に孤立してしまい、石堂勢と大物見勢に挟み撃ちとなって全滅するのは必至であろう。宗右衛門は黒岩源吾が片腕と頼む猛将であり、百五十名もの兵力ともどもここで見捨てることなどとてもできない。

（といってここで門を閉じなければ、石堂勢が城内に雪崩れ込んできてしまうではないか）

いくさ上手の一徹は、当然まずは南門の制圧に掛かるに違いない。城門の上にいる黒岩源吾にも、焦眉の急で危険が迫っているのだ。

「南門はうち捨て、皆は我に続いて三の郭に移動せよ」

そう言い捨てて、源吾は門の脇にある急傾斜の梯子を降りた。事ここに至っては、南門を放棄して三の郭にこもって守備を固めるしかない。

南門の内側は東西に長い枡形(ますがた)で、その周囲を高さ二間の土塁の上に城壁が巡っている。すでに城内に入りつつある味方に揉まれながら、源吾は西に走って三の郭の門に向かった。

門は、西側の城壁に突き当たって右に折れたところにある。虎口（城砦の出入り口）を城壁の角に設けるのは、門の上と城壁の二方向から寄せ手を攻撃できるからである。

城内に残っていた百五十名が後に続いているので、城外から戻ってくる味方と合わせて二百五十名ほどが三の郭にこもる兵力であろう。ほんの半刻（一時間）前には四百五十の兵力があったことを思えば呆然とする他はないが、それでも黒岩源吾にはまだ一縷の望みがあった。

（今度こそ早めに郭の門を閉じてしまえば、村上勢の攻撃はひとまず食い止められる。南門と三の郭の間にある枡形は、せいぜい二百人で一杯になってしまうだろう。石堂勢と土屋勢が枡形を埋め尽くしてしまえば、それに続く村上勢はいくら多勢とはいえ南門の外で空しく待機しているしかない）

枡形を見下ろす城壁と門の上には、百五十人の弓衆を配することができる。枡形に入った石堂勢は東西と北の三方の城壁から雨のように降り注ぐ矢を防ぎつつ、土屋勢と戦わなければならない。城方は数で勝っているばかりか、城壁という遮蔽物に身を隠しつつ、高所から狙い打つという圧倒的に有利な立場にある。

三倍の兵力がなければ城攻めはしてはならないとされているのは、守備側に比べて寄せ手側の被害が遥かに大きいからなのだ。

（石堂一徹はここはひとまず兵を退いて、南門を確保することに努めるのではないか。そうなれば再び郭の門の木戸を開いて、閉め出した残兵を収容することもできよう）

もちろん土屋宗右衛門以下の味方は見捨てることになるが、そうしなければ三の郭を防衛する態勢は作れない。

（どうせ宗右衛門勢を犠牲にするなら、南門に石堂一徹の手勢が迫ってきた時にそう決断すべきだった）

と黒岩源吾は悔やんだが、今となっては現時点での最善の手を打つ他はない。

源吾は三の郭の門を潜ると、周囲の有坂勢に指示を下した。

「弓衆は、門の上と城壁の武者走り（土塁の上部、城壁の内側に設けられた通路）に分かれて配置につけ。残りの者はこの場に残って扉を閉める準備をせよ」

弓衆は黒岩源吾の命に従って、ある者は急傾斜の梯子を上って門の上に登り、ある者は門の両側にある石段を登って左右の城壁の武者走りへと走っていく。

源吾は自分の家老である菱田義直を呼んで、

「門を閉じる合図をせよ」

と指示を与えてから、門の上の見張り台に登らせた。

菱田義直の目の下に展開する光景は、源吾の予想をさらに上回る大混乱であった。指揮官を失ったまま石堂勢に追われている土屋勢は、完全に戦意を喪失してただ逃げ回っているばかりであり、それを見切った石堂勢は有坂勢を掻き分ける形で三の郭の門に殺到しつつあった。

城外から戻ってきた有坂勢のうちこの門を潜った者はまだ五十名にも達していまいが、そのすぐ後ろには石堂勢、土屋勢が渾然一体となって迫ってきている。こんなに敵味方が入り混じっていては、準備を整えて待っている弓衆も味方を誤射するのを恐れて矢を放つことができない。

南門での失敗が骨身に染みている菱田義直は、ここで激しく鉦を鳴らさせた。その鉦を聞いた源吾は、直ちに配下の兵達に「扉を閉めよ」と指示した。すぐに頑丈な左右の扉にそれぞれ二十人ほどの武士が張りつき、力一杯に押し始めた。

扉は大きな軋み音を上げつつ、ゆっくりと閉まっていく。その間にも、僅かに開いた扉の間から枡形の中に取り残された土屋勢が、細い列となって転げるように逃げ込んできた。

だがあと少しというところで門の外から押し返す力が働き、扉は動かなくなった。

(何事だ)

義直が見下ろしてみると、なんと閉め出されることを知った土屋勢が必死になって木戸を押し返しているではないか。

僅かに開いている扉の間から、石堂勢が郭の中に乱入してきた。その先頭に立っているのは、九枚笹の指物を背負った六尺豊かな徒歩武者(かちむしゃ)であった。

緒戦では殿を務めていた一徹は、有坂勢が戦闘意欲を失ってただ逃げ回るばかりなのを見てとり、味方に声をかけて道を空けさせて先頭に躍り出てきた。

「門扉を確保せよ」

一徹はすぐ背後に続く石堂家の武芸指南である鈴村六蔵(すずむらろくぞう)に顎で合図すると、槍を振るって右側の扉を押している武士達を追い払い始めた。鈴村六蔵もそれに倣って左側の扉に取りついている者達を次々と槍で刺して回っている。それぞれ五人いる郎党達は、素早く主人の背後と左右を守る位置について有坂勢に付け入る隙を与えなかった。

扉に張りついていた武士達は、悲鳴を上げて飛び下がった。内外の力の均衡が崩れて、扉は大きく押し開かれた。有坂勢の残兵と石堂勢が、折り重なるようにして郭の中に乱入してきた。

(こいつは化け物だ)

黒岩源吾は目の前の一徹の姿に、悪夢を見ている思いであった。

大物見に見せかけて土屋勢を釣り出した計略の妙、参戦するやいなや敵の騎馬武者を二人まで中天に放り上げた信じられないまでの荒業、跳ね橋を上げる暇を与えない追尾の巧みさ、枡形の中では土屋勢と混じり合って城壁の弓衆に攻撃をためらわせる進撃ぶり、しかもそれらが息もつかせぬ怒濤のような激しさで、一瞬の遅滞もなく流れるように繰り広げられている。

（これはもう、いくさなどというものではない）

黒岩勢はいくさの冒頭から度肝を抜かれ、戦意を喪失して逃げ惑っているばかりであるのに対し、石堂勢は猟師が獲物をわなに追い込むように、鮮やかな手際で一分の隙もなく攻め立てているではないか。

ここで黒岩源吾に一呼吸置くゆとりがあれば、郭の中ではいくつもの枡形と門が屈折して連なっていて、防衛の拠点はまだまだあることに思いを巡らせたであろう。

しかし目前の光景に魂を宙に飛ばしてしまった源吾には、もはや身震いするような恐怖だけが全身を包んでいた。

「退け、退け」

源吾はそう絶叫して、郭の奥へと駆け込んでいった。あまりの誤算続きに完全に闘志を失った城方の兵は、算を乱して源吾に続いた。

勢い込んだ石堂勢がそれを追撃しようとするのを、

「追うな」

一徹は大声でそう言って皆を止めた。

「まずはこの門の制圧が先だ。六蔵は梯子を登って、門の上の敵を片づけよ。他の者は、城壁の矢狭間に張りついている敵を追い払ってしまえ」

すぐに功名に逸った者達が、門の左右に設けられた石段を登って土塁の武者走りを駆けていった。しかし石堂勢が到達する頃には、敵の弓衆も気配を察してとうに逃げ去ってしまっていた。門の上の敵兵もはかばかしい戦意がなく、あっけなく六蔵とその郎党の前に崩れ去った。

その間にも、一徹の手勢が続々と門の周辺に集まってきた。一徹は門の警備に必要な人数を配すると、与力として預けられている江元源乃進（えもとげんのしん）に郭の中の物見に行かせ、さらに周囲に命じて門の外に隊伍を組ませた。

枡形の中では坂田勢に追われている土屋勢が三の郭を目指して逸走していたが、門の前に待ち構えている石堂勢を見て立ちすくんだ。

東からは坂田勢に、北からは石堂勢に圧迫され、土屋勢は逃げ場を失って次第に枡形の西南の隅に追い詰められた。

少し前には百五十名はいたはずの土屋勢だが、今ではその数は半分以下に減っていた。もう戦意はまったくなく、恐怖に顔を引きつらせて敵から少しでも遠い城壁に近づこうとし、味方同士で争っているばかりである。

今にも坂田勢による残酷な殺戮が始まる気配を見て取った一徹は、その先頭に立とうとしている坂田官兵衛に声を掛けた。

「もはや歯向かう恐れはありますまい。無用な殺生は止められよ。城内の勝手を知ったるこの者達には、まだ別の使い道がありましょうぞ」

(敵とはいえ一つしかない命を奪うことは極力避けるべきで、できることなら生かして使ってやりたい)

というのが、この男の外観に似合わぬ情の深さなのである。

坂田官兵衛は頷いて兵を静めた。一徹もこの城兵達を活用する具体的な策はまだ考えていなかったが、官兵衛は一徹にはまた深い思案があるのに違いないと買いかぶったのであろう。

「降伏するならば、命まで取ろうとは言わぬ。すぐに武器を捨てよ」

土屋宗右衛門はすでに討ち死にしてこの中にはいなかったこともあり、土屋勢は先を争って手にしていた得物を投げ出した。この者達を石堂勢が槍で脅しつつ東側に移動させると、地面にはおびただしい槍や刀や長巻(長刀に長い柄をつけたもの)などが山となって残された。

そこへ、三の郭内の物見に行っていた江元源乃進が戻ってきて報告した。

「郭内の高台にいくつもの兵舎があり、周囲に巡らした城壁の門が開け放たれていたので中を検分して参ったが、もはやもぬけの殻でねずみ一匹おりませぬ。郭の西北の角には門がございますが、これは固く閉ざされているものの、ここにも敵の姿は見当たりませぬ。

郭の奥に逃げ込んだ敵はどこへ姿をくらましたのかは分かりませぬが、この郭の中に残っていないのは確実でございます」

それならば、三の郭は完全に墜ちたことになる。室賀勢としては、開戦後僅か半刻で早くもすべての任務を完了したといっていいであろう。

「いや、久方振りに面白いいくさができたわ」

三の郭の門の前に立って副将の室賀光氏の到着を待ちながら、坂田官兵衛は会心の笑みを浮かべて一徹に声を掛けた。

「いや、退却して城に戻ろうとする敵の後を追い、門を閉じる暇を与えずに城内に討ち入ってしまうという戦法は、古来いくつも前例がございます。拙者の工夫は、大物見を装ってまんまと敵をおびき出しただけのことに過ぎませぬ」

「古来の戦法も、新しい工夫があればこそまた功を奏したのよ」

「はかりごとはそれを演ずる役者が揃ってこそ成功するものでございます。坂田様の退き方の巧みさが、この成果を招き寄せたのでありましょう」

一徹は十五歳も年上の先輩を立ててそう言ったが、今日のいくさは我ながら会心のできとあって思わず頬がほころんでいた。

「そうさな。あの逃げっぷりの見事さは拙者ならではであろう。これまでのところでは、拙者が功名の第一であろうな」

坂田官兵衛はたしかにいくさ上手ではあったが、自分の功名を声高に言い立てるあくの強さも人一倍のものがあった。いくさの手柄を独り占めしかねないいつもながらの官兵衛の振る舞いに一徹は思わず苦笑したが、相手は上機嫌でさらに続けた。

「ところでさっき報告があったが、このいくさで失った我が兵力は僅か六名に過ぎぬ。石堂殿の被害はどれほどであるか」

「まだ確定してはおりませぬが、やはり五、六人でござりましょう」

「すると南門を抜き三の郭を落とすのに、十名少々の損耗で済んだのか。有坂城の規模、防御力から見れば、信じ難い成果であるな。我らが大きな加増を受けるのは、間違いあるまい」

官兵衛がにまにまと笑み崩れているところへ、副将の室賀光氏が馬上のまま近づいてきた。馬を降りた光氏は、勝ち戦に満足して悠然とした態度で一徹の報告を受けた。

「すると、すでに三の郭も墜ちたと申すのか。お二人の功名は天晴れながら、それでは拙者が功名を立てる場がなくなってしもうたな」

「何の、何の」

一徹は笑って言った。

「今頃殿は、大手門の前で悪戦苦闘いたしておりましょう。三の郭の西北の門からは大手門に出られるはず。室賀様は大手門を押し開いて殿を城内に迎え入れなされ。成功すれば本日第一の功名であること、間違いございませぬぞ」

いくさに参軍した以上、功名が欲しくない武将などいるわけがない。室賀光氏はそれを聞いて、年甲斐もなく髯の濃い顔を紅潮させて勇みたった。

三

「村上勢にかかれば、有坂など敵というのもおこがましいな」

村上義清は上機嫌で、大柄な肩を揺すって笑った。この信濃随一の大豪族の当主は五尺七寸（約百七十三センチ）の当時としては大柄な体軀を持ち、脂ぎった赤ら顔に太い口髭がよく似合う迫力のある風貌であった。

義清は室賀光氏が大手門を開いて迎え入れてから、得意の力攻めで二の郭を攻め落とし、いよいよ明日は敵の総大将・有坂義春のこもる一の郭をどうやって落とすかというくさだて（作戦）を決定しようとしていた。

時刻はまだ申の刻（午後四時）であり、当然夏の陽射しが強い。二の郭の兵舎に集められた十人ほどの重臣達も甲冑は着たままで、汗が全身に滲んでいた。

勝ち戦に奮い立って威勢のいい意見が続出するのを聞きながら、やがて石堂一徹は落ち着き払って提案した。

「有坂義春に、降伏を申し入れてはどうでありましょう」

義清は思いもかけない一徹の言葉に、不興げに首を振った。

「降伏は、いくさが始まるまでのことだ。事ここに至って、いまさら降伏など片腹痛いわ」

「しかし一の郭は二の郭、三の郭とは段違いの防御力を備えておりまするぞ」

一徹は二の郭、三の郭から、入念に一の郭の偵察を済ませてきていた。この大男はその豪放な武芸とは裏腹に、常に緻密な計算をもとに行動する沈着の武将であった。

「思うにこの城はもともとは丘陵の尾根でありましたものを、まず斜面を削って二の郭、三の郭の用地に平地を作ったのでございましょう。従って一の郭と二の郭、三の郭との境は三間ばかりの段差になっていたのでござる。そこへさらに二の郭、三の郭のために切り出した土を一の郭に運び上げて、急斜面の上に二間の土塁を盛り上げたものと思われます。

一の郭への攻め口はこの急斜面からしか考えられませぬ。しかし、三間の急斜面の上に二間の土塁が載っているとなればその高さは合わせて五間、しかもその上には幅五十間の城壁があって、百以上の矢狭間と隙間なく設けられた石落としが並んでおります。これは大手門以上に堅固な守りでありましょうぞ」

大手門で百名近い死傷者を出すほどの苦戦をしてきた村上義清は、もともと短気な性格であるだけに、そう言われてみるみる怒気を含んだ表情になった。

「しかし城兵達は、ここから一の郭へ逃げ込んだのだ。どこかに一の郭への登り口があるのであろう」

「捕虜にした者達から聞き出しましたが、一の郭の城壁の両端に幅二間の門があり、普段はその幅一杯に縄梯子が下がっていて、それによって二の郭、三の郭と行き来しているとのことでござる。むろん今はその縄梯子は巻き上げて門を閉ざしておりますので、登り口はどこにもござりませぬ」

山城は城内も城外も起伏ばかりで日常の生活には不向きであったから、城主も平時は麓の平地に居館を構えてそこで暮らし、いくさの時だけは防御力に優れた山城にこもるのが常であった。

こうした城を、当時は『詰めの城』と呼んだ。この有坂城も有坂氏の詰めの城で、いくさ専用であればこそ縄梯子を伝って行き来する不便を忍んでも、高い防御力を選んだのであろう。

今日の快勝に喜色満面だった侍大将達の顔からも、一徹の言葉に今後の戦いの困難さを思い知らされて笑いが消えた。その機を摑んで、一徹はさらに言った。

「今こそが、有坂義春に降伏を申し入れる絶好機ではありますまいか。有坂はこの城にこもる以上、一ヶ月や二ヶ月の籠城はできると信じきっていたでありましょう。しかるに思いもかけないことに、僅か半日のいくさで大手門は破られ、二の郭、三の郭は落ち、今や一の郭に追い詰められてござる。村上勢の強さが骨身にこたえて、心気が衰え震え上がっておりましょう。

ここで一晩の猶予を与えてしまえば、有坂義春も気力を取り戻して徹底抗戦をするやも知れませぬ。恐怖にとらわれて動転している今こそ、城を明け渡して立ち去れと申し入れれば、乗ってくる公算は大でござりますぞ」

年配の侍大将達は、自分の息子と同じ年頃の若造が恐れ気もなく対等に意見を述べることに、露骨に不快の表情を浮かべた。しかし一徹は、いくさに年功は関係ないと信じている。

「有坂は一戦もせずに立ち去るというのか。成る程、駄目で元々、申し入れてみる価値はありそうだな」

義清も一徹の遠慮のない直言に手を焼くことはままあったが、この若者のいくさに関する判断の鋭さには感心させられることが多かった。予想外の惨敗に動転している敵将の心理まで読んでの一徹の提言は、他の侍大将達が束になっても思い及ばぬものではないか。

「それがよろしゅうございましょう。明日の辰の刻までに返答がなければ攻撃を開始すると脅しを利かせて、早速に矢文を一の郭に打ち込んでくだされ」

翌日は涼しい風が吹いて過ごしやすい朝であったが、辰の刻になっても一の郭は静まり返っていて物音一つしなかった。試しに一の郭と二の郭、三の郭を繋ぐ斜面に兵を出してみたが、見上げる城壁からは一本の矢も飛んでこない。

村上義清は北門の城外で野営している屋代政重に使者を立て、東の搦め手門の様子をうかがってくるようにと申しつけた。やがて政重自身がでっぷりと太った姿を見せて報告した。

「東の搦め手門は開け放たれており、中に入ってみますと敵の一兵も姿が見えず、もはやもぬけの殻でござる。恐らくは夜陰にまぎれて立ち去ったのでありましょう」

昨夕に一の郭に射込まれた矢文の内容は、有坂氏の家中よりも有坂氏本家から応援に来ている児玉秋次郎以下の五百名に、大きな動揺を与えた。義春がここで切腹してくれるならまだいいが、もしどうせ助からない命ならば最後まで籠城しようなどと言い出しては一大事である。

児玉秋次郎率いる五百名の者は、一ヶ月間さえ持ちこたえれば必ず村上勢は手を退くと聞かされて、いわば手軽な気持ちで手伝いに来たのだ。有坂氏本家の家臣である五百名は、主君の信成のためならば命を惜しまずに働くが、分家筋の義春のためにそこまで尽くす義理はない。

「何もここで腹を召されることはござるまい。ここはひとまず松井田の本家を頼って落ちられよ。あとはじっくりと捲土重来の機を待つべきでありましょう」

児玉秋次郎に言葉巧みに説きつけられ、朝からの大敗に気力が失せている義春はうまうまと乗せられた。もちろん付き従うものは一族郎党が大半で、残りの者は主家を見限ってそれぞれに退散した。どこでもそうだが、家が滅びる時はまことにあっけなく儚い。

こうして、村上義清は僅か半日のいくさで有坂郷を取り戻すことができた。坂木郷（現・埴科郡坂城町）の居館に戻った村上義清は家臣を集めて論功行賞を行い、一番手柄の室賀光氏は二百石、二番手柄の石堂一徹と坂田官兵衛は百石の加増を受け、数人の者は金銀を、さらに数人の者が感状を与えられた。

大勝の割に恩賞が少なかったのは、有坂郷はもともと二年前から村上家に臣従していたのに、有坂義春が松井田の本家を頼りに反旗を翻したもので、いくさに勝っても新領が手に入ったわけではないこと、有坂家の名のある武将の中で討ち死にしたのは土屋宗右衛門のみで、あとは皆有坂義春に従って城を捨てて落ち延びたことが理由であった。

この頃、越後（現・新潟県）では守護代の長尾為景が威勢を振るい、美濃（現・岐阜県）では長井新九郎（後の斎藤道三）が土岐氏を追放して美濃国主となるべく暗躍中であった。甲斐（現・山梨県）では武田信虎が国内を統一してさらに信濃をうかがう気配を見せ、東海では駿河（現・静岡県東部）を本拠とする今川義元が遠江（現・静岡県西部）から三河（現・愛知県東部）まで併呑をする勢いを示している。

こうして隣接する各地域が戦国大名の手で統一されつつある中で、信濃のみは高い山脈が連なる地形そのものが割拠的であるために、多数の豪族が山襞ごとに自立する時代が長く続いていた。

しかしそれもここにきて南信濃は諏訪氏、中信濃は小笠原氏、北信濃、東信濃は村上氏とようやく三つの勢力分布が確立しつつある。その中でも村上氏は信濃十郡のうち六郡近くを勢力下に収めていて、信濃国主の座に一番近いのは間違いない。信濃を統一して周辺の強国に追いつくためには、佐久郡の安定が目下の急務なのだ。

有坂城を予想していたより遥かに短期間で取り返せたことは、そうした意味でも義清にとっては大きな安心材料であった。
ともあれ、石堂家の石高はこれで千五百石となった。

四

信濃の秋は、魂が吸い込まれるほどに空が高い。その澄み切った群青の空を、一群の雁が一糸乱れぬ隊列を組んで南へ下っていく。

天文二年十月、東信濃の塩田平（現・上田市）から佐久郡に向かう北国街道の両側には刈入れの済んだ田が広がり、周囲の丘陵は燃えるばかりの紅葉に彩られていた。左手には、茶色の地肌をむき出しにした巨大な浅間の山塊が噴煙をたなびかせつつ、その稜線をくっきりと青空に食い込ませている。

石堂一徹と江元源乃進はそれぞれ一人の郎党を連れて、朝の太陽を正面から受けながら街道を東に向かっていくところであった。

すれ違う村人達は頬被りをした手拭いを取って頭を下げ、二人に道を譲った。江元源乃進はこの大里村（現・小諸市諸に所在）に屋敷を構えているから顔見知りだが、連れの石堂一徹には誰も見覚えがない。しかしまだ二十歳前後の若者ながら、六尺を優に超す巨軀と人品卑しからぬ風采を備えた一徹には、自然と人を一歩下がらせる威厳が満ちていた。

昨晩一泊した源乃進の屋敷から目指す菊原錦吾（きくはらきんご）の屋敷までは、ほんの三町（約三百三十メートル）もない。玄関脇に見事に紅葉した銀杏の古木がそびえるその屋敷は、もう二人の目と鼻の先であった。一徹はその屋敷で、錦吾の娘・朝日（あさひ）と対面しなければならない。

そもそもの発端は、今年の八月に有坂城を落として意気揚々と凱旋した村上義清が、坂木の居館に次席家老の石堂龍紀（たつのり）を呼んで、

「次男ながら、一徹に家督を譲ってやれ」

と言い渡したことにあった。一徹は十五歳の初陣以来、並外れた武勇と優れた駆け引きとで早くも五百石の加増を受けるほどの武勲を立てており、十九歳になった今では、村上家の将来を背負って立つ逸材と誰もが信じて疑わない存在だった。

次席家老という家柄からしても卓越した武略からみても、一徹こそが石堂家の総領たるにふさわしいと、村上義清は判断したのであろう。

「一徹は、先々は他国にも名が知られるほどの武将になろう。石堂家の当主でなければ収まりがつくまい」

いかにも武辺好みの義清らしい提言だったが、主君にそう言われて龍紀は当惑した。

石堂家にあっては、むしろ一徹のような武辺者こそが異端児なのだ。石堂家は代々武勇によって村上家に仕えてきた家柄ではなく、算用の才を買われて村上家の財政をつかさどる勘定奉行を務めている。

龍紀も平時は勘定方の責任者として村上家の財政に目を配り、戦時には荷駄方（補給部隊）として兵站(へいたん)の一切を引き受けて、余人には代えがたい貢献をしてきたと自負している。

ただ村上義清は武勇を重視する思いが人一倍強く、いきおい龍紀のような地味な後方業務は軽視されがちであった。

一徹に家督を譲れば、石堂家はいくさの度に最前線で戦うのが役割となるであろうが、それでは村上家の財政や荷駄方は誰がこなしていけるのか。

龍紀が見るところ、長男の輝久(てるひさ)は武芸では次男の一徹に遠く及ばないが、算用の才では自分の業務を引き継ぐのに充分なものを備えていた。従って十五歳での元服後は、手元に置いて財政の基本から叩き込み、二十二歳の今では石堂家の家政については輝久に全面的に任せられるようになっており、龍紀自身は年に何度か報告を受けるだけで済んでいる。

（あと何年かして輝久に家督を譲る時が来れば、輝久に次席家老として勘定奉行の職を継がせ、自分は隠居仕事として石堂家の内政を見ればよい）

というのが龍紀の腹案であった。これは龍紀の私利私欲から出た打算ではなく、村上家にとってもそれが最善の策だとこの男は信じている。

しかし一徹が家督を継ぐとなると、その筋書きはまったく狂ってしまう。輝久が無禄の部屋住みの身になってしまえば、勘定奉行に就任する資格がない。かといって武辺一辺倒の一徹には、とてものことに勘定奉行の要職など務まるわけがあるまい。

「急なお話でござれば、しばらく考えさせてくだされ」

そう言って殿の御前を引き下がってきた龍紀であったが、いくら思案を重ねてもこれといった妙案は出てこない。ついに輝久と一徹を坂木の役宅に呼んで村上義清の意向を告げ、二人の見解を求めた。

さすがに輝久も一徹も意外な成り行きに顔を見合わせるばかりであったが、やがていつもは温厚な輝久が固い表情で言った。

「あの殿のご気性では、言い出したら後には引きますまい。ここは殿のお言葉に従い、家督は一徹が継いで村上勢の中核として武勲を重ね、石堂家を大きく伸ばすのが一番でございましょう。私は裏方として、その大きくなる一方の領地の内政を任せて頂ければ幸いでございます」

「いや、それはおかしい。私はいくさこそ得手でござるが、しち面倒くさい金勘定などはまったく向いておらぬ。しかも父上の次の勘定方を兄上が引き継がねば、村上家の財政や荷駄は誰が見るのか」

兄と違って感情が面に出る一徹は、吼えるように叫んだ。

一徹は父の仕事ぶりを身近で見ていて、その実績に比較して主君の評価があまりにも低いことを常に憤っていた。

兵站の仕事は非常に多岐にわたるが、たとえば兵糧、雑兵達の武具から鍋釜のような生活必需品などまでを事前に準備し、それを遅滞なく戦場に供給しなければならない。しかし武将達の感覚からすれば必要な物はあるのが当たり前で、いくさが長引いて弓衆の射る矢がなくなったり、足につけるわらじが不足したりすれば、荷駄方に非難が殺到するのが常なのである。

（当家にあってはほとんどそうした事態が起こらないのは、後方支援を担当する父の事前の準備が万全だからで、その功績は実質的にはどの武将より大きいのではあるまいか）

しかし武辺偏重の義清の目には、そうした石堂龍紀の苦労などはまったく評価に値しない。石堂家の現在の禄高は一千五百石であるが、そのうちの一千石は石堂家の本貫（石堂家が村上家に随身する以前から持っている自前の領地）であり、残りの五百石は一徹がその武功によって義清から拝領した知行地なのだ。

つまり石堂家代々の当主が勘定奉行、荷駄奉行として挙げた功績は、一顧だにされていないのが実情だった。

一徹の見るところでは、兄の輝久だけは父の業績を高く評価し、自分がその跡を継ぐべく父を助けて日夜研鑽に励んでいる。兄を差し置いて誰が勘定奉行、荷駄奉行を引き受けても、大きな混乱は避けられないのではあるまいか。

「そうだ、よい思案がある」

腕組みをして宙を睨んでいた一徹は、しばらくして大きな声を上げた。

「石堂家を本家、分家に分ければよいではありませぬか。石堂家の本貫を兄上が継いで本家となり、殿からの拝領分は私が分家の当主として統治していけばすべてが丸く収まりましょう。

これならば、兄上は次席家老として勘定方、荷駄方を預かることができ、私も村上家の家老の一員となって石堂勢を率いていくさに参加することができます」

「そう言ってくれるのは有り難いが、そうはいくまい」

輝久は一徹に感謝の気持ちを表しつつ、続けた。

「殿が家督を継げとおおせられるのに一徹が分家を起こすのでは、殿の意には添うまいよ。それに本家が分家を併せて兵力を整えることはよくあるが、分家が本家を併せ呑むなどとは聞いたこともないぞ」

石堂龍紀は二人の息子達のやり取りを聞いていて、涙がこぼれる思いであった。輝る言葉を連ねている。

久も一徹も話の落としどころは分かっていながら、互いの心中を慮(おもんぱか)って相手を立てる言葉を連ねている。

「輝久の言う通りだ。家督を継げと殿がおおせられるからには、一徹が本貫を継ぐしかあるまい。しかし一徹が石堂家を本家、分家に分けようと本気で思ってくれているならば、五百石は輝久にやってはくれまいか」

「兄上にご不満がなければ、私には異存はございませぬ。五百石ならば当然家老職には就けましょうから、勘定奉行も視野のうちでございましょう。それに殿は武辺好みなので、これからも私が加増を受ける機会はいくらでもございます。本家、分家とは申しながら、今後はその石高は同じということでやっていきたいと存じますが」

一徹が武勲を立てて知行地を拡大し、輝久が内政に本領を発揮すれば、たしかに石堂家の将来は磐石であろう。

(それにしても)

と、龍紀は思った。

(なんという、欲のない兄弟であろう。輝久はついさっきまで、自分が石堂家千五百石を継ぐものと信じきっていたのだ。それがいかに主君の命とはいえ、分家の当主となって当面の石高は五百石しかないとなれば、不満の気持ちが顔に出ても不思議はあるまい。しかし輝久の挙措動作はあくまでも淡々としていて、不服の色など毛ほどに

もうかがわせないではないか）
一徹にしても、自分の体を張って稼ぎ出した五百石を何のためらいもなく兄に譲り、しかも今後の加増分も兄と分け合って本家、分家に石高の上下はつけないという。二人は今度の主命を石堂家に降り掛かった災難と受け取り、兄弟が協力してこの事態を乗り切っていこうとしている。
（この優しさが石堂家の美風なのだ）
龍紀は、二人の息子に頭を下げる思いであった。

翌日石堂龍紀は村上義清に拝謁して、石堂家の家督は一徹が継ぐこと、同時に輝久は分家してそちらの当主になることの許しを請うた。義清は案じていたよりも寛大に、龍紀の望みを入れた。

「輝久も、弟の一徹のもとで働くのは辛かろうよ。よい思案であろう。それで、一徹が家督を継ぐのはいつ頃と考えておる」

「年が明ければ、一徹も二十歳になります。さすれば、来年の春あたりがよい時期かと考えておりますが」

「それをもって龍紀も隠居の身か。ところでそちは来年はいくつだ」

「四十五歳になります」

跡取りが成人していれば、当主が四十代で家督を譲るのはごく普通のことであった。この時三十三歳の義清からみれば、石堂龍紀はすでに初老の域に達していると思っていたから、その進退に何の疑問も感じなかった。

「一徹に伝えよ。家督を継ぐからには、一層精を出して励めと」

五

江元源乃進が坂木にある石堂屋敷を訪れてきたのは、その一ヶ月ほど後であった。江元家は佐久郡の小室（現・小諸市）に三百石の領地を持つ武士で、五十年ほど前に村上家が佐久郡に兵を入れて大井氏の領内から小室を切り取ってからは、村上家に臣従していた。

しかし、義清の佐久郡からの新参者に対する扱いはまことにむごいものであった。誰しも譜代の家臣に厚く新参の者に薄いのは人情として当然であるが、義清の場合は佐久衆に対して、

（生かしておくだけでも有り難いと思え）

という態度があまりにも露骨なのである。

それを敏感に察した譜代の家臣は自らを『村上衆』と称し、佐久郡からの新参者を

『佐久衆』と呼んで差別していた。佐久衆は常に犠牲を強いられる戦場に投入され、しかも合戦の手柄はすべて村上家の譜代の家臣のものとなった。

佐久衆の間に不満の気配が濃くなっていくのを、石堂一徹は敏感に察して憂いていた。

それというのも、石堂家は村上家に臣従してからの歳月こそ長いが、村上家と血の繋がりが一切ないために、扱いの上では今でも新参者待遇なのである。村上家の役職は本来ならば譜代の家臣が独占するものとされ、石堂家が次席家老とか勘定奉行の役職についているのは、歴代の当主がその抜群の力量で勝ち取ったもので、あくまでも例外なのである。

その証拠に、勘定奉行としてどんな実績を上げても支給されるのは役料（役職手当）だけで、恩賞などはほとんどないに等しい。一徹自身は戦功に対して五百石の加増を受けてはいるが、もしこの男が譜代の臣であればこの数倍の知行地を与えられて当然であろう。

（新参の者をあまりに冷遇していては、これから村上家に帰順してくる武将は減るばかりに違いない）

そこで一徹は義清に請うて、佐久衆の中でも武名の高い江元源乃進を自分の与力に迎えた。源乃進に功名を立てさせることで、義清の佐久衆に対する評価を改めてもらいたいと考えたのだ。

一徹は戦場で手頃な敵を見掛けると、

「あの武者を討たれよ。拙者が後詰をいたす」

と源乃進を促した。そして源乃進が馬を進めて敵の武士と槍を合わせると、一徹は後詰どころかすぐに前に出て、主君を助けようと駆け寄ってくる敵の郎党達を追い払いに掛かった。

一徹とその郎党の五人は、村上家の家中でも最強の呼び声が高い精鋭である。たちまち敵の郎党は追い払われ、江元源乃進とその郎党達に取り囲まれた騎乗の武士は、抵抗するすべもなく首をかかれる羽目となってしまう。

「その首を持って、首帳(くびちょう)に記録されよ」

首帳とは戦場で討ち取った敵の首とそれを討ち取った者の氏名を記した帳簿で、手柄を立てた者は首奉行に届け出て、論功行賞の資料にしてもらうのが通例となっている。もっとも、実際に敵の首を討った者の名前と首帳に記載された名前とは必ずしも一致しない。

佐久衆がよい首を得ると、その武士の寄り親の村上衆は親切気にこう言うのである。

「お気の毒ながら、佐久衆は殿の覚えがよろしくない。貴殿の名前で首帳に載せては、恩賞は微々たるものであろう。悪いようにはせぬ、その首は拙者に任せてくれぬか」

やむなくその首を寄り親に渡すと、寄り親は自分の名前で首帳に記載する。そうすれば義清からの恩賞はたしかに大きくなるが、その半分は寄り親が抜いてしまう。佐久衆にしてみれば恩賞が減ることは諦めるとしても、誰それを討ち取ったという名誉がそっくり寄り親に横取りされてしまうというのが、腹に据えかねる憤懣（ふんまん）の種になっていた。

それを敏感に察していた一徹は、源乃進に手柄を立てさせては源乃進自身に首奉行に申告に行かせた。そうすれば恩賞こそ少なくなるが、何某を討ったという功名は源乃進のものになる。

源乃進はこうした一徹の厚意に深く感謝していた。その思いが今回の源乃進の坂木村、石堂屋敷への訪問に繋がった。

「ところで、ご子息の一徹殿が家督を継がれるというのは本当のことでござるか」

一通りの挨拶が済んだ後で、三十代後半ながらいかにも武辺者らしく筋骨逞しい江元源乃進は、単刀直入に本題に入った。書院で対面していた石堂龍紀は、苦笑して頷いた。

石堂家には本願の埴科郡石堂村（現・千曲（ちくま）市の東部）に屋敷があるが、勘定奉行としての役職を果たすために、村上義清の拠点である葛尾（かつらお）城のある坂木郷にも役宅を構えており、佐久郡からやってくる源乃進の旅程を短縮するために、石堂村と大里村との中間にあるこの坂木を対面の場に選んだ。

「それで、石堂様はその時期はいつ頃と考えておられますのか」

源乃進は、畳み掛けるようにさらに訊いた。

「殿のお声掛かりとあれば、来年中にはその運びとせねばなりますまいな」

「しかし家督相続ともなれば、独り身ではどうにもならぬ。奥方を迎えて一家を構えねばなりますまい。ところでご子息には、これと決まったお相手はいらっしゃるのでござるか」

「いや縁談はいくつかござるが、困ったことに話は進んでおりませぬ」

石堂龍紀の返事を聞いて、江元源乃進は喜色を浮かべて膝を進めた。

「それならば、拙者の話を聞いてくだされ。ご子息のお相手として、これほどのお似合いの娘は二人とあるまいという縁談でござる」

そのことは、源乃進からの手紙の文面からおおよそは察していた。だからこそ、今回坂木村の役邸に来るに当たっては一徹も伴っていた。

龍紀は手を鳴らして近習の者を呼び、一徹を書院に呼び寄せた。源乃進は一徹に深く一礼してから、すぐに本論に入った。

「拙者の遠縁に当たる者で、同じ大里村に屋敷を構えている菊原錦吾という二百石取りの武士がおりますが、その錦吾の娘で十七歳になる朝日こそが、一徹様にはうってつけの娘なのでございます。

拙者は朝日が子供の頃からよく顔を合わせているだけに、その人柄はよく存じております。従ってこれから申すことは世間で言う仲人口ではなく、拙者の率直な紹介として聞いていただきたい」

江元源乃進は、武骨者らしい訥々とした口調で言葉を続けた。

「菊原家は武勇の家だけに、朝日も武家の娘としてどこへ出しても恥ずかしからぬ厳しい躾を身につけております。また家事一切が得意で、特に裁縫の腕前は誰にも引けを取らぬでありましょう。

それにおっとりとして物にこだわらない明るい性分で、いつも周囲に笑いが絶えませぬ。目鼻立ちもいかにもおおらかで、誰から見ても器量に不足はございますまい」

「しかし、いささかいぶかしゅうござるな」

石堂龍紀は、ゆったりとした微笑を浮かべた。十五、六歳で嫁入りするのが珍しくないこの当時、十七歳の秋にもなって縁づかないというのは何か格別の事情があるに違いあるまい。

「武家の娘としてどこへ出しても恥ずかしくない躾を受けていて、家事万端に長け、人柄がよく器量にも不足がないというのに、もうすぐ十八歳になるまでどうして縁談が纏まらなかったのでありましょうか」

「それでござるよ。世間並みの物差しで計れば、朝日にはたった一つの欠点があるのでござる」

源乃進はそう言ってから、黙って興味深げに聞いている一徹に顔を向けて僅かに笑みを含んだ。

「それは、身の丈がいささか大きいことでありまする」

自分もまた並外れた巨漢である一徹は、それを聞いて声を上げて笑った。

「いささかと申すと、どれほどでござるか」

「菊原錦吾は、『女のことだ、いくら大きく見えても五尺四寸（約百六十四センチ）ほどでござるよ』と申しておりまする」

「いや、それは大きい」

石堂龍紀は驚嘆した。『五尺（約百五十二センチ）の女は大女』といわれた時代である。その大女の水準を四寸も超えているとなれば、並の男よりもずっと大きいではないか。

「いや、正直に申し上げれば、錦吾の言葉は親心から出た掛け値でござろう。錦吾の屋敷を退去する時などに、朝日が玄関まで送りに出て、廊下で立って顔を合わせることがございます。拙者は五尺五寸でござるが、どうみても朝日は拙者よりも背が高い。

まずは五尺六寸（約百七十センチ）といったところでありましょうか」

「それでは、大抵の男は見下ろされてしまうではないか。成る程、それならば縁談が纏まらないのもよく分かりますな」

龍紀はようやく納得したが、一徹は興味深げに違う反応を示した。

「それでその朝日という娘は、身の丈があるだけで骨柄（こつがら）は華奢（きゃしゃ）なのでありましょうか」

「いや、こんな言い方は女性（にょしょう）には褒め言葉にはなりますまいが、武士にしたいほどの見事な体格でござる」

爽やかな微笑を浮かべた一徹に、源乃進は畳み掛けるように言った。

「たしかに朝日は並外れて体が大きい。佐久衆の中でもそのことは知れ渡っていて、そのために縁遠かったのでござる。しかし、だからこそ拙者は一徹殿にこの縁談を持ち込んできたのでござるよ。

一徹殿は村上家のご家中でも際立った巨軀の持ち主で、並の身の丈の娘ではとても釣り合いが取れますまい。朝日こそは、村上家の領内で一徹殿と並んでも見劣りしないただ一人の娘でありましょうぞ」

「私は六尺二寸、朝日殿は五尺六寸とすれば、いかにも似合いかもしれませぬな」

「世間の夫婦では、男の方が三寸から四寸高いのが普通でござりましょう。一徹殿に比べれば、朝日は六寸も低い。一徹殿の前では、朝日など可愛いものでござるよ」

朝日という娘に好意を持ったらしい一徹を眺めて、

（これは悪い話ではないかもしれぬ）

と、龍紀は思った。龍紀は家中の消息にも詳しいので、菊原錦吾という名前は見知っている。佐久衆の中でも江元源乃進と並んで勇名が高く、しかも剛直な人柄で知られており、二百石取りの上級武士であることも次席家老の石堂家と縁組みをするのに不都合はない。

それに菊原錦吾が佐久衆であることも、龍紀を乗り気にさせる一因であった。誰にも言えぬことだが、龍紀は石堂家が譜代に取り込まれるのを以前から警戒していた。朝日が譜代の娘ではなく佐久衆のそれであることも、龍紀にとっては願ってもない幸いだった。

村上衆と佐久衆のいがみ合いは、このところこの男の心を痛めている最大の問題だった。石堂家と菊原家が結ばれることは、その両派の融和に多少なりとも貢献できるのではあるまいか。

「有り難いお話でござる。しかし家中で相談しなければならぬゆえ、ご返事は日を改めてこちらから使者を立て申す」

そう言って江元源乃進には引き取ってもらったが、しかるべき伝手（つて）を頼って調べた結果では、菊原家、朝日という娘のいずれにもまったく難点はなかった。後は村上義清に申し出てその了解をとるばかりであったが、一徹がここで思いがけない提案を示したのである。

「まことに異例とは思いますが、私はその前に一度その朝日という娘に会ってみとうございます」

「何故じゃ」

「私の武勇と殿の覚えがめでたいことからしても、家中のしかるべき方々から縁談の一つや二つはあってしかるべきでございましょう。しかし親の方はその気になっても、肝心の娘がそれを聞いて震え上がって断るというではありませぬか。思うに埴科郡、更級郡の武家の娘は、自分の目で私の姿をどこかで見掛けているのでありましょう。私の巨体に恐れをなして、縁談を断るのに違いありませぬ。

互いに一度も顔を合わせぬままに婚礼となれば、万一朝日がそこで震え上がるようなことになっては互いの不幸でございます。一度会って双方が納得ずくとなれば、どちらも安心して婚儀に臨むことができましょう」

そう言われてみれば、並外れた体軀を持つ一徹もまた朝日と同じく異形の者なのである。武士にとって体格が衆に優れ、筋力また抜群であるということは長所でこそあれ悩みの種になるとは思ってもみなかったが、一徹には一徹なりに異形の者の哀しみを嚙み締めた時もあったのであろうか。

十九歳の若者にとって、自分の巨軀のために縁談が遅々として纏まらないのは決して面白いことではあるまい。そう理解した龍紀は江元源乃進を仲介として、一徹と朝日の二人の対面の場を作らせた。

六

すでに話が通っていたと見えて、江元源乃進が顔見知りの門番に名前を告げて門を潜ると、玄関には菊原錦吾が出迎えていた。一徹は錦吾の髭(くちひげ)に覆われた逞しい顔には見覚えがあったが、言葉を交わすのは初めてであった。

一徹と源乃進は奥の座敷に通され、錦吾と型通りの挨拶を交わしているところに朝日が茶を運んできた。源乃進から申し入れてあるために、錦吾の妻のひさ(ヽヽ)もその後ろから座敷に入った。

一徹は思わず目を見張った。白地に紅葉を散らした小袖に身を包んだ朝日は、たしかに縦横ともに並の娘を数段凌いでいたが、そのこと自体は源乃進の話から予想していた通りで驚くほどのものではなかった。

一徹が目を奪われたのはその顔立ちであった。目も鼻も口も造作がすべて大ぶりでどこにもこせこせしたところがなく、いかにも伸び伸びとしていて表情豊かなのである。世間の物差しではこういう顔立ちを美人とは言わないのかもしれなかったが、一徹の目には一瞬言葉を失うほどに眩しく輝いて見えた。

「石堂一徹でござる」

「当家の娘、朝日でございます」

朝日はそう言ってから、一徹を見上げてふっと頰を緩めた。

「聞きしに勝る立派なご体格でございますね。まことにぶしつけなお願いでございますが、ちょっと立ってみてはいただけませぬか」

「これこれ、何を申しておる」

石堂家は村上家の次席家老であり、しかも一徹は主君の村上義清から特に望まれて家督を相続する立場の若者なのである。朝日の身分からすれば訊かれたことに返答するだけにとどめておくべきで、自分からいきなり頼みごとを口にするなどは許されることではない。

菊原錦吾はあまりにも無遠慮な言葉に驚いて娘をたしなめたが、一徹は気にする風もなく、微笑を含んで茶碗を横に置くとその場に立ち上がった。朝日は自分も立って、一徹と向かい合った。

娘の目は、ちょうど一徹の顎の位置にあった。

「こうして向かい合って殿方の顔を見上げるのは、まことに心地のよいものでございますね。いつもは見下ろすばかりで、何だか申し訳ない気持ちになるのですけれど」

「拙者も女性の脳天は随分と見て参ったが、こんなに近いところに女性の顔があるのは初めてですな」

（この娘は俺を試しているのだ）

一徹は朝日の振る舞いを見てそう直感した。朝日は江元源乃進から聞いて、今日の顔合わせの趣旨を理解している。自分がどんな娘か知りたいと一徹が思っているのならばと、いきなりありのままの自分をさらけ出して先制攻撃に出たのであろう。

朝日は、一徹に対する好意をこうした型破りの態度で伝えているのだ。もし一徹がそれに気づかずに娘の無作法を咎（とが）めたりするようなら、この娘は人の気持ちに鈍感な一徹に失望して、縁談を断る決心をしているのに違いあるまい。

一徹はそういうこの娘の利発さが大いに気に入った。大抵の娘は、一徹の前ではその巨軀に恐れをなして口も利けない。だが自身も並外れて大柄な朝日は、真っ直ぐに一徹を見詰めてゆったりと微笑している。

やがて二人が元の位置に座ると、はらはらして見守っていた菊原錦吾はようやく安堵の溜息を洩らした。

「朝日、石堂殿に琴でもお聴かせ申せ」

錦吾としては、愛娘のたしなみの深さを披露しようというのであろう。手を叩いて女中を呼び、琴の準備をさせた。

朝日は琴に向かって指慣らしに弦を鳴らしていたが、すぐに一徹に視線を向けて言った。

「石堂様には、何かお好みの曲がございますか」

「そうさな、『晩秋の譜』を聴かせてはもらえませぬか」

朝日は豊かな微笑を浮かべつつ、目を見張った。

「驚きました。石堂様は琴にもご造詣が深いのでございますか」

「いや、そんなことはない。私の母が琴が好きで、子供の頃から散々聴かされて参っただけのことでありまするよ」

朝日は、改めて一徹のたたずまいを見直す思いであった。村上勢随一の荒武者という評判からしても、石堂一徹はぎらぎらとした覇気が漲る血気盛んな若者という先入観が強い。しかしこうして目の前に見る一徹の姿は頬や顎に深い刀傷があり、その並外れた体軀にはたしかに戦場に出れば無敵の強さを発揮する気配はうかがわせながらも、日常の挙措動作はまことに物静かで知的な雰囲気すら漂い、言葉にも態度にも人を見下すようなところがまったくない。

「ご母堂様と比べられましては、恥をかくばかりでありますけれど」

朝日はそう断ってから、ゆったりとした動作で琴に向き直った。初めは静かな演奏であったが、曲が進むにつれて指遣いが次第に奔放になり、見事な感情表現をたたえて一曲が終わった。

器用なだけの弾き手はどこにでもいるが、ここまで自分の個性を表に出せる奏者はめったにあるまい。一徹がそう言って褒めると、朝日は微笑してさらに大胆な言葉を口にした。

「私は見た通りの体格でございますので、たいへんに食が進みます。もし石堂家に輿入れするようなことがありました時に、後で『あの嫁に石堂家は食い潰されてしまう』などと言われてこの家に戻されるようなことがありましては、まことに不本意でございます。そのような心配は無用でございましょうか」

一徹は、声を上げて笑った。

「私はこの体だ、人の三倍は食べる。しかし戦場では人の五倍働いて、誰にも文句は言わせぬ。よく食べてよく働く、それが石堂の家風だ」

「うれしゅうございます。それでは私も人の二倍食べて三倍働けば、よろしいのでございますね」

朝日は満面の笑顔になって、菊原錦吾に向き直った。

「どうやら、この縁談はめでたく纏まったようでございます。善は急げと申しますれば、私はこのまま石堂様のお伴をして、石堂村に参りとう存じます。お父上様、お母上様、長らくお世話になりました」

「何を申しておる」

実直な性格の菊原錦吾は娘の言葉についていけずに苦りきった声を上げたが、その困惑しきった表情に一徹は噴き出してしまった。

武家の嫁入りには面倒な手続きが必要なことは、朝日も知らないわけがあるまい。一徹の好意を感じ取った朝日は自分の気持ちを一徹に伝えるために、両親の前で平気でこうした戯れを言っているのだ。

一徹は朝日のそうしたおおらかな振る舞いに、心が弾む思いを抑えられなかった。この娘ならば、自分が石堂家の家督を継いでも楽々と家中を切り盛りしてくれるのではあるまいか。

第二章　天文三年　春

一

「奥方様、お目覚めでございますか」

廊下から、朝の光が差す障子越しに萩が小さく声を掛けた。萩は菊原家から朝日についてきた女中である。

（奥方様とは誰であろう）

と夢うつつに考えた朝日は、次の瞬間に苦笑して体を起こした。奥方とは自分のことであり、昨日石堂村に到着した朝日は今日から石堂一徹の正室として、その役割を果たさなければならない。

隣で軽いいびきをかいている一徹を起こさないように気をつけながら、朝日は自分に与えられた部屋に移って素早く身支度を整え、簡単に化粧をして一徹の部屋に戻った。まだ眠っている一徹の枕元に座りながら、朝日は一昨日坂木村で行われた婚礼のことを思い出していた。

二人の婚儀は三月の心地よく晴れた空の下、坂木の石堂家の役宅で列席者が溢れるほど盛大に執り行われた。本来ならば石堂村の館で挙行すべきであったが、村上義清が仲人を務めたために、村上館に近い役宅が選ばれた。譜代の重臣の家同士の婚礼なら義清が仲人となるのは珍しくないが、石堂家と菊原家のような新参者同士のそれに義清が大役を買って出るのはまことに異例のことであった。その裏には、石堂龍紀の人には言えない苦労の根回しがあった。

＊　　＊

一徹の婚儀に当たっては、主君の村上義清の許しを得なければならない。龍紀が苦慮していたのは、朝日が佐久衆である菊原錦吾の娘だということであった。義清が佐久衆を軽んじているのは周知のことであり、一徹の相手がその佐久衆の娘と聞いただけで義清は難色を示すであろう。

龍紀がその旨を告げると、はたして村上義清は露骨に面白くもないという表情を浮かべた。

「一徹ほどの男だ、村上衆の中にもいくらでもふさわしい娘がおるであろうよ」

「いや、拙者もそう思って、家中のしかるべき者に縁談を持ちかけたのでございます。殿が目を掛けてくださっている一徹でありますれば相手の親は大喜びでござるが、当の娘にその話を聞かせると震え上がって断られてしまうのでございます」

義清は、いかにも不審げな表情で尋ねた。龍紀は下腹に力を入れて、義清の顔を仰ぎ見た。

「一徹は、ご存知の通りの巨軀でござる。相手の娘は、それに恐れをなすのでござりましょう」

「あの巨体の一徹と組討になっては、どんな猛将でも身動きが取れまい。ましてか弱い娘の身としては、息もできずに押し潰されてしまうと思うのであろうな。いや、無理もない」

龍紀がひそかに期待していたように、義清は閨のことでも思い浮かべたのであろう、脂ぎった赤ら顔に急に下卑た笑いを浮かべてさらに言った。

「それでは菊原の娘は、一徹に釣り合う体をしておるのか」

「さようでござる。何しろ身の丈、五尺六寸」

「何と、まことか」

義清は目を見張り、次いで腹を抱えて笑い出した。

「成る程、村上衆の娘にはそれだけの身の丈の者はおるまい。よし、この縁談は俺が仲人をして進ぜよう。いや、その話を聞いて俺もその娘の顔を見とうなったわ」

朝日の背の高さで義清の興味を釣るのは龍紀の本意ではなかったが、そこを突破口にしなければ義清の許可は貰えまいと読んで、見事に目的を達成できた。龍紀ははっと頭を下げながら、安堵の汗が背中を走るのを意識していた。

婚儀は型通りに厳粛に執り行われたが、宴に移ってからはまったくの無礼講であった。席に連なる者は石堂家の一族とその家臣団、一徹の与力の衆が主で、譜代の重臣で出席しているのは、戦場で一徹の寄り親を務める室賀光氏ただ一人だった。

村上義清は陽気な酒で、自慢の太い口髭がてらてらと光るほどに豪快に飲んでは大声で話し、弾けるように笑っていた。

「殿、ここらで一つ祝いの歌でも」

室賀光氏が自らも頬を真っ赤に染めながら、義清にそう無心した。周囲の者達も、それに和して大きく手を叩いた。

義清は皆の騒ぎを手で制しながら、やおら目を細めて歌い出した。

朝日はその声に呆然とした。義清は普段の会話は野太いだみ声なのだが、歌う時には別人としか思えぬ澄んだ声質で、それも高音がよく伸びるなかなかの美声だった。

「いや、めでたい、めでたい」

室賀光氏は、ふらふらと立ち上がると義清の歌に合わせて覚束（おぼつか）ない足取りで舞い始めた。すぐに何人もの武士が立ち上がって、それに倣った。家臣の間での義清の人気がうかがわれる、まことに気持ちのよい雰囲気であった。

「朝日、そちも舞え」

一徹は自分も腰を上げながら、朝日を目で促した。

「私は……」

朝日は躊躇した。こうした場で花嫁が舞うなどとは聞いたこともなかったし、それに義清の祝い歌にも皆の舞いにも覚えがなかった。しかし一徹の表情を見て、朝日はすぐに状況を了解した。

ほとんど見知った人のいない中で気軽に舞って見せることこそが大事なので、舞いの上手下手などは問題ではないのだ。それに舞いの素養のある朝日にとって、見様見真似であってもすぐに振り付けは飲み込めて、一徹などよりはずっと鮮やかな身のこなしであった。満座はやんややんやの喝采に満ちて、大いに盛り上がった。

長い祝い歌が終わって一同が席に着くと、義清は上機嫌で朝日に声を掛けた。

「朝日殿は、一徹にはもったいないほどの花嫁でござるな」

返事の仕様のなくて苦笑している朝日に、義清はふと真顔になって言葉を続けた。

「一徹は、村上家の宝じゃ。やがては信濃の国に名をとどろかす武将となろうぞ。朝日殿もそれを心得てよく尽くしてくだされよ」

＊　　＊

「一徹様、朝でございますよ」

頃合いを見て、朝日は優しく声を掛けた。一徹はうむと答えてすぐに目を開けた。

「早いな。もう身支度も済ませているのか」

「夜が明ければ、朝日の出番でございますよ」

朝日は笑いながらそう言い、昨晩のうちに用意してあった一徹の衣類を手に取った。この時代上等の衣類は絹であり、普段のそれは麻であったが、一徹は朝から絹の小袖に袴を身につけた。菊原の家では錦吾は外出の時以外に絹を身に纏うことはなかったから、このこと一つをとっても朝日は石堂家の豊かさを感じないではいられなかった。

一徹と朝日が連れ立って奥の座敷に行くと一徹の妹、いくがすでに座っていて、すぐに龍紀とさわ夫妻も姿をみせた。兄の輝久は、一徹の婚儀が整うのに合わせて敷地内に別棟の屋敷を建ててそちらに移っていたから、食事は別であった。

本家、分家といっても形だけのことで、輝久は全体の家政を、一徹は軍事を担当しているのだから、輝久も名目上の所領である五加村に在住しているわけではない。

五人がそれぞれの席について朝の挨拶を交わしているところに、すぐに女中達が銘々の膳を運んできた。三菜一汁の朝食であったが、その内容は菊原家のそれよりもずっと豪華で、たとえば汁の具にも菜の他に鶏の肉が使われていた。

朝日は思わずにこにことしながら箸を使い、一徹がご飯のお代わりを女中に申しつけると、自分も一緒になって、

「私も」

と声を上げた。その時さわの目がきらりと光ったのに、朝日は気がつかなかった。

食事が終わると、朝日は一徹に尋ねた。

「このあと、何をすればよろしいのでしょうか」

「そうさな」

一徹は一瞬考えて、言葉を継いだ。

「昼餉（ひるげ）までは、私のそばに立ち会ってくれ。そうすれば、私がどのように日常を過ごしているかが分かるであろう。そのあとは私は郎党達を連れて表に出掛けるので、母上について指示を仰げ。申の刻（午後四時）には戻って参る。それからこの屋敷の中を案内してやろう。母上、それでよろしゅうござるな」

さわが頷くのを見て、朝日は軽く頭を下げた。朝日は義理の両親となった龍紀とさわのいかにも仲のよい夫婦らしい温かい雰囲気を、好ましく思っていた。

食事が済むと一徹は自室に引き上げ、すぐに着替えに掛かった。

「稽古着を出せ」

朝日がその言葉を理解できないでいると、一徹は自分で戸棚を開けて刺し子の稽古着を引き出した。それは手触りで木綿と分かったが、その稽古着が木綿を何枚も重ねて刺し子に縫ったものと知って朝日は目を見張った。

木綿は明(みん)からの輸入が長く続いた貴重品で、ようやく最近になって東海地方で栽培されるようになってはいたが、今でも絹よりも高価な織物なのである。

その木綿を何枚も重ねて縫い上げたこの稽古着は、そんじょそこらの絹の小袖より遥かに高価であろう。驚いている朝日に、一徹はこともなげに言った。

「これは大変に丈夫な布(きれ)で、毎日洗濯してもなかなかいたまぬ。いずれ朝日にも、縫ってもらわねばならぬぞ」

刺し子の稽古着に袴をつけた一徹は、縁側に出て敷石の前でわらじを履くと裏庭に向かった。そこは百坪ほどの広場になっていて、同じ稽古着に身を包んだ鈴村六蔵と十人の郎党達がすでに顔を見せていた。

「今日は、朝日に皆の稽古を見させる。そのつもりで、励めよ」

郎党達は、朝日の姿を見て明るい笑顔を浮かべた。この者達には婚礼のあとの祝宴で顔を合わせていたが、六蔵が三十六歳、その郎党二人が三十歳に達しているのを例外とすれば、いずれも二十歳にも満たない若者で、筋骨逞しい引き締まった体をしていた。

朝日は屈託のない弾けるような笑いを爆発させるこの郎党達に、初対面の時から引き込まれるような親近感を覚えていた。そうした感情は相手にも伝わるものとみえて、郎党達の方にも一徹の妻となる朝日を喜んで受け入れる雰囲気が満ちていた。

すぐに郎党頭の市ノ瀬三郎太の発声で、棒振りが始まった。

この棒は先端に鉄の輪を埋め込んだ木刀で、一徹の説明によれば真剣の五倍の重量があるという。朝日は菊原家にいた頃に随分と薙刀の修行をしていたので、武芸には一通りの心得はあるだけに、一徹以下の気迫のこもった棒振りには度肝を抜かれる思いであった。

真剣の五倍の重量がある棒を振り切ってなお少しも体勢が崩れないというのは、余程に足腰が鍛えられている証であろう。しかも棒振りが小半刻（三十分）に及んでも、肩で息をする者すらない。

「よし、それまで」

三郎太の声で、一徹以下の全員が傍らに用意されていた面鉄、竹胴、草摺、籠手などからなる稽古用の防具を身につけ始めた。

一徹は自分の手で防具を身に纏うと、すぐにたんぽ槍を手にとって郎党の一人と向かい合った。いわゆる乱稽古で、全員がそれぞれに相手を求めて戦う。

その組み合わせはたんぽ槍対たんぽ槍、木刀対木刀、たんぽ槍対木刀と様々であったが、その打ち込みのあまりの激しさに朝日は息を呑んだ。

朝日も菊原家では武芸の稽古を日常的に目にしていたが、それはたんぽ槍にしろ木刀にしろ何の防具もなしに相対するものであった。たんぽ槍でも木刀でも素肌のまま撃ち合えば、当たり所が悪ければ死に至る恐れもあり、そこまでいかなくても障害が残るほどの打撲を受けることが充分に考えられる。

そこで武芸の稽古といえばいわゆる組太刀で、相手の体に触れないように力一杯木刀やたんぽ槍をぶつけ合うのが常識であった。

しかしいくさでは甲冑を身に纏って戦うのに、稽古では素肌で相手に怪我をさせないように手加減するというのでは、鍛錬の実が充分に挙がらないであろう。そこを考えた石堂家では、稽古用の防具をつけて実戦さながらに本気で戦っていた。

稽古は、初めて見る者には正視に堪(た)えないほどに凄まじかった。撃ち込む方にも防ぐ方にも、

(負ければ命がない)

という緊迫感が漲っている。防具をつけているとはいえ、相手の一撃を脳天に受け、悶絶して失神してしまう者が続出した。すると失神させた者は相手を担いで広場の隅にある井戸端に行き、面鉄を脱がせて頭からざぶりと冷水を浴びせる。失神していた郎党はうっと呻いて蘇生し、すぐに面鉄をかぶり直して稽古に復帰した。

（成る程、石堂家のこの十二人は村上家で最強でありましょう）

石堂家の荒稽古を間近で眺めている朝日には、それはほとんど恐怖に近い感動であった。ぴーんと張り詰めた空気の中で、朝日は息をするのも忘れてその場に立ち尽くしてがたがたと身を震わせていた。

稽古を主導しているのは、一徹と鈴村六蔵、郎党頭の市ノ瀬三郎太の三人であった。さすがに郎党の中では三郎太が抜きん出ていたが、それでも槍をとっては鈴村六蔵の敵ではない。

一徹の武芸の師匠である六蔵は三十六歳になっていたが、『槍の六蔵』と異名をとる腕前にいささかの衰えも見せていない。親子ほどに年の違う若者に相対して、まったく相手にしない圧倒的な強さを発揮していた。息が上がって、

「まいった」

と叫ぶ郎党がいても、

「まだ、まだ。もう一本」

と容赦なく鍛錬が続く。

猛稽古の雰囲気にようやく少しは慣れてきた朝日は、ふと意外なことに気がついた。六蔵は郎党達とは段違いの腕前を見せつけて一本を取られることはほとんどなかったが、一徹は誰と対しても相手の撃ち込みを許す時がある。

一徹は十四歳の時には、早くも槍でも太刀でも師の六蔵を凌ぐ実力に達していたという。

（どうして六蔵に歯が立たない相手に、一徹様は負けてしまうのでありましょう）

途中で一息つくために面鉄を脱いで汗を拭っている三郎太に、朝日は明るく言葉を掛けてみた。

「三郎太はお強いのですね。先程も一徹様から見事な一本を取ったではありませんか」

「ああ、あれは若が俺にわざと撃たせてくれたのですよ」

三郎太はそう言って、いかにもこの若者らしい爽やかな笑顔を見せた。三郎太も他の郎党達も、六蔵に倣って、一徹を『若殿』を略して『若』と呼んでいる。

「ただし、それは郎党達の足捌きに工夫がうかがえたり、太刀筋に鋭さが増すなどの進歩が見えた時に限ります。そして、『今の動きを忘れるな』、『その太刀筋は、まず受けられぬ』とすかさず褒めていただけます。剣も槍も若には遠く及ばぬのはよく承知しておりますが、あの若から一本取って褒められるのは、誰でも無性にうれしいものでございますよ」

三郎太の言動の端々にも、一徹に対する無限の敬愛が溢れていた。

（この若者達は、戦場に出れば一徹様のために命も惜しまずに働くのに違いない）

朝日は涙がこぼれる思いで、なおも続く荒稽古を眺めた。

郎党の中で、一人だけ稽古に加わらない者があった。本名は駒村長治（こまむらながはる）だが仲間からは『猿』と呼ばれている若者で、大柄な者が多い郎党達の中でただ一人ずば抜けて小柄な少年である。身の丈は四尺八寸ほどであろうか、整った顔立ちの美少年で童顔であるために十三、四歳にしか見えないが、もう十六歳であるという。

長治は皆が棒振りをしている時から、一人だけ広場の二方を囲む白壁に沿って動き始めた。それも前方に両手をついてはくるりと前転して足から着地し、一瞬の間も置かずにその動作を繰り返してゆく。

まるで車輪のように、少年の体は真円となって転がる。そして行く手を白壁に阻まれると、今度は仰向（あおむ）けに反（そ）って両手を地面につき、そのまま後転して戻ってきた。

それを二回繰り返すと、今度は手をつかずに空中で前転しながら白壁まで行き、同じく手をつかずに後転しながら戻ってくる。

およそ人間業とは思えない軽やかな身のこなしである。仲間から猿と呼ばれるわけが、この一連の動作を見ただけで朝日にもよく分かった。

仲間が防具をつけての乱取りを始めると、長治は庭にそびえる杉の木の側に行き、するすると登り始めた。下枝を落としてあるので四間（約七・二メートル）ほど登らなければ一番下の枝に手は届かないが、少年はまったく手掛かりがないはずの太い幹を何の苦もなく登っていく。

　朝日が目を凝らしてよく見ると、長治は鋭角の爪がついた金具を手に握って、その爪を杉の幹に突き立てては体を上へ上へと動かしていたが、その動きは滑るように鮮やかで遠目には杉の木に駆け登っていくとしか思えなかった。

　そして下枝に手が届いた瞬間には、体が一転して枝の上に立っていた。それから少年の姿は枝の間に隠れてしまったが、やがて梢のすぐ下にまたその小さな姿を現したかと思うと、たちまち地上に戻ってきた。

（まさに驚嘆すべき身のこなしですが、それが戦場にあってどのように役に立つのでありましょうか）

　一徹が面鉄を脱いで汗を拭っているのを見て、朝日は側に寄って尋ねた。

「あの猿という若者は、どういう働きをしているのでございますか」

「猿か、あれは異能の者よ。小柄で非力ときているから武芸には望みが持てぬが、他の者にはできない使い道がある。馬術に長けているので戦場では使番（伝令）を務めているが、およそ武士には見えない外見を生かして物売りや百姓に化けて敵地に潜り込み、敵情を探ったり流言飛語を撒き散らしたり、誰にも負けない働きをしているのよ」

武芸では誰にも負けない一徹だけに、郎党に粒揃いの精鋭を集めているのは当然であったが、長治のような異能の者にも目を掛けているのが、一徹という男の若さに似合わぬ幅の広さである。

皆が乱取りをやっている間に、少年は懐から十本ほどの小柄(刀の鞘の鯉口の部分にさし添える小刀)を取り出して三間ばかり離れた楓の木に向かって投げ始めた。下手から目にも止まらぬ速さで繰り出されるそれは、たちまち楓の幹の五寸の円の中に突き刺さった。

小柄ではその殺傷力には限りがあろうが、その命中率には驚くべきものがあった。敵中で相手に疑われた場合などに、逃げる時間を稼ぐために必要な芸なのであろう。

(それにしても石堂家の郎党はまことに多士済々、戦場での活躍が目に浮かぶようですね)

朝日は心が弾む思いがした。

二

午の刻(正午)の太鼓が鳴ると、午前の稽古は終了になった。一徹以下の十二名は井戸端に行って汗みどろとなった稽古着を脱ぎ捨てて下帯ひとつの裸となり、頭からざぶざぶと水を被った。朝日は眩しいばかりの逞しい裸体の群像に、思わず目を背けた。

　三人の下働きの女中が体を拭く手拭いと着替えの稽古着を運んできた。男達はそれを身につけると、連れ立って母屋に向かった。

「朝日も立ち会うがよい」

　一徹にそう言われてついていくと、郎党達は台所に隣接した広間に上がって座り込んだ。そこには大きな座卓があり、すでに握り飯や漬物がいくつもの大きな木の器に盛り付けられている。朝日は一徹の後ろに座った。

　この時代は、それ以前の一日二食から三食に移行しつつある時期であったが、石堂家の荒稽古を見れば、ここでしっかりとした昼餉を摂らなければ体が保たないのは朝日にもよく分かっていた。

　すぐに女中の手で、大鍋に一杯の汁が大きな木の椀に盛って銘々に供された。幾種類もの野菜が盛りだくさんに入っている中に、何かの獣の肉が混じっていた。

「朝日もその汁を食してみよ」

　すぐに朝日の前にも椀が運ばれてきた。身分のある女性が郎党の前で箸を取るのは控えるべきなのであろうが、その汁のいかにもおいしそうな匂いが朝日にそうしたたしなみを忘れさせた。もともとが、食べることには目がない性分なのだ。

汁は薄い塩味であったが、様々な野菜と獣肉の旨みが染み出していてまことに美味であった。

朝日はにこにこと頬を緩めながら、その獣肉を口に含んだ。

「これは、鹿でございますか」

一徹は頷いた。これまでに朝日が鹿の肉を口にするのは年に一回あるかないかであった。こうして郎党達が当たり前のように貪り食らっているのを見ると、石堂家の食生活の豪華さに改めて驚く他はなかった。

「贅沢なものでございますね」

思わずそう洩らすのを聞いて、一徹は逆に不審げな表情を浮かべた。

「何故だ。石堂家では武芸の鍛錬をかねて、五日に一度は近くの山で狩りをする。だから猪や鹿やうさぎといった獣、鴨や鶴といった鳥類の獲物が毎日食卓に上るのよ」

「去年の秋には熊が獲れましたな」

向かいの席から仲間内では『ひで』と呼ばれている星沢秀政(ほしざわひでまさ)が、大きな声で割り込んできた。

「あれは大きかった。五十貫(約百九十キロ)はあったであろうよ」

一徹がそう答えると、今度は三郎太が明るい声で言った。

「さすがの若も熊に槍を立てたのはいいが、熊の勢いに押されてひっくり返ってしまわれましたな」

「仕方あるまいよ。何しろ目方が違い過ぎた。しかし槍はまさしく熊の心の臓を貫いておったぞ」

「若は他の者にとっては、あの熊と同じでございましょう。目方が違い過ぎる。誰も歯が立たないのはそれだけのためでござるよ」

郎党達は声を上げて爆笑した。秀政は頭の回転が速く、いつでもひょうきんなことを口にしては周囲の者を笑わせるのが上手だった。

その態度には誰もが一徹を好きで好きでたまらない雰囲気が満ち溢れていて、朝日は我がことのようにうれしかった。

郎党達にはそれぞれ麻場重能(あさばしげよし)とか飯森信綱(いいもりのぶつな)といった立派な名前があったが、ここでは誰も本名では呼ばず、麻場重能ならばしげ、飯森信綱ならばのぶと名前の一字を取って短く呼び合っていた。命を懸けた緊迫した戦場では、姓名を呼ぶ時間すら惜しいのであろう。

「熊退治には、例の槍を使えばいいではありませんか。あれならば、五十貫の大熊でも宙に舞いましょうぞ」

例の槍とは、一徹が有坂城攻めの緒戦で相手の騎馬武者を空高く放り投げた時の得物だということは、その場に立ち会っていない朝日にもすぐに理解できた。何しろあのいくさのあとで菊原家を訪れた江元源乃進は、その話で持ちきりだったからだ。

『自分の目で見た拙者ですら、到底あの光景は信じられぬ思いがする。重い甲冑を纏った騎馬武者を槍先に掛けると、大根でも引き抜くように中天高く投げ上げたのであるぞ。あれはもう人間業ではない。石堂殿の武芸もさることながら、あの怪力こそは天下無双であろうよ。相手はあれを見ただけで荒肝をひしがれて敗走したのは、まことに無理もない』

「江元様ほどの百戦錬磨の猛者までがそう見たとすれば、あの手はまだ当分使えそうだな」

一徹は郎党達と顔を見合わせて笑ってから、朝日に爽やかな視線を向けた。

「いくら俺が怪力でも、そんな荒業はできようはずがない。あれには、槍に仕掛けがあるのよ」

一徹はそこで言葉を切って、郎党達の顔を眺めやった。

「我らが使う槍は一間半を定寸としている。それに対して槍衆の槍は三間半だ。何でこんなに長さが違うのか、皆は知っているか」

誰も答えられないのを見届けてから、一徹は静かに言葉を継いだ。

「敵味方入り混じっての乱戦ともなれば、敵は前後左右にいる。こうした状況では、どこから敵の槍が繰り出されるか分からぬ。敵の動きに機敏に対応するためには、何よりも槍の取り回しがよくなくてはならぬ。大勢の武者の経験が積み上がって生まれたのが、一間半の定寸なのだ」

そもそも槍衆の槍は昔から二間と決まっていた。しかし槍衆は指揮官を別として、その大半はいくさにあたって百姓達を招集したものである。まったくの素人を駆り集めても戦力にはならないから、農閑期に体格のよい百姓達を呼び出して槍を使う訓練を重ねているが、一年中鍛錬に明け暮れている上級武士と比べれば、その技量は格段に劣っているに決まっている。

永正十七年（一五二〇年）に家督を相続して間もなく、村上義清は槍衆のこの欠点に気がついた。何とかして訓練不足の槍衆を実戦で活躍させる方策はないものであろうか。

様々な試行錯誤の末に義清が到達したのは、槍衆の戦い方を高い技量の必要がない簡単なものとし、その代わりに槍衆に集団行動をとらせる戦い方であった。

槍は突くものと相場が決まっているが、その技術を習得するには長期間の鍛錬が必要となる。

素人にとってもっとも有効な攻撃手段は、頭上に垂直に上げた槍を相手の頭めがけて振り下ろすことなのだ。そのためには、槍は長いほど有利なのである。

様々な試行錯誤を経て、三間半の長槍がもっとも適しているという結論になった。

村上義清が考案したもう一つの槍衆の戦法は、『槍衾（やりぶすま）』であった。

槍衆同士の叩き合いで味方が勝てば、相手側は騎馬武者が登場して突破を図る。その機先を制して、槍衆は素早く三段の槍衾を作るのである。

まず一段目の槍衆は膝をついて槍を腰の高さに水平に構える。二段目はそのすぐ後ろに一段目の肩越しに槍を腰の高さに構え、三段目はさらに二段目の肩越しに自らの胸の高さに槍を構える。

敵から見ると目の前は上中下の三段に槍が密集していてとても付け入る隙がない。無理に飛び込もうとしても相手の槍は三間半、こちらの槍は一間半とあっては、自分の方が先にやられてしまう。まさに難攻不落の構えだ。しかもこの槍衾戦法には、機敏に隊列を組むことさえできれば武術の鍛錬は必要がない。

この長槍による集団戦法は、ほぼ同時期に村上義清と美濃の長井新九郎がそれぞれ独自に考案したとされ、その有効性が広く認められた結果、今では周辺の諸国は競ってこのやり方を採用するに至っている。

槍は一間半でも三間半でもその構造はまったく変わらず、ひのきの丸棒を心材として、その周囲を細く割った竹で包み、糸で固く縛り上げて完成する。

一間半の槍ではその特徴は顕著には現れないが、三間半の長槍ともなると竹の弾力による槍のたわみには驚くべきものがあった。きちんと作られた槍はめったに折れるものではなく、たわむことによって衝撃を吸収してしまうのである。一徹はかつて、槍衆の長槍が敵の騎馬武者の馬の胸に突き刺さり、槍が弓のように大きくたわんだ次の瞬間、馬が真横に撥ね飛んで朽木のように崩れ落ちるのを目撃したことがあった。

その体験が、一徹にあることを思いつかせた。

（槍衆の長槍を使えば、敵の騎馬武者を空高く放り投げることも可能なのではあるまいか）

一徹は武具職人に自分の希望を伝えて、特別注文の槍を手に入れた。槍が長ければ長いほどその反発力は大きくなるはずであり、また自分の体格からすれば四間の槍でも充分に使いこなせるであろう。また自分の掌の大きさに合わせて槍の太さも一回り太くしてもらったが、それも槍の反発力を大きくすることに繋がるに違いない。

一徹はその槍を使って藁人形を突いてみたが、その結果は驚くべきもので、槍のたわみが極限に達する瞬間を摑んで穂先を上に向けさえすれば、ほとんど手元に重量を感じることなく藁人形は宙に舞っていくではないか。

「竹に雪が降り積もることがあろう。竹はたわむことでその重量に耐えているが、それも限界に達するとぴーんと跳ね返って、雪を払い落として元の真っ直ぐな姿に戻る。あれと同じことよ。要するに自分の筋力ではなく、たわみきった槍の反発力が相手を放り上げてくれるのさ。

相手の武者に槍をつければ、あとは馬が進んで槍のたわみが最大に達するのを待つばかりだ。むろんその瞬間を見極めて槍先を上に向けるには多少のこつが必要だが、これはある程度の槍の使い手ならば誰でも身につけられると言ってよい。この中では、三郎太ならば十日も掛からずに習得できるであろうよ」

一徹はそう言って郎党達の顔を眺め渡してから、さらに付け加えた。

「しかし、三郎太はあの技を使ってはならぬ。あの技は六尺二寸、二十六貫（約九十八キロ）の並外れた巨漢の俺が演じるからこそ、誰にも真似ができない無双の力技に見えるのだ。同じ技を五尺六寸、十八貫の三郎太が行ってみろ、相手は『あの体格であんな荒業ができるはずがない。あれには何か仕掛けがあるぞ』と、疑って掛かるに決まっている。そうなれば、長槍の秘密はたちまち暴かれてしまうであろう。

それに、あの長槍はいくさが始まった直後に相手の度肝を抜くための戦闘にしか使えぬ。敵味方入り乱れての混戦ともなれば、あんな長槍は文字通り無用の長物で、取り回しが悪くてとても使い物にならぬ。相手が槍の使い手で、あの長槍の穂先を払って手元に飛び込んできてみろ、俺には受ける手段がないではないか」

一徹は、郎党達に叩き込むように厳しい調子で続けた。

「それに引き替え、いくさの始まる時は敵はすべて自分の前にいて、左右は六蔵と三郎太、背後はお前達郎党が守っていてくれる。だから俺は目の前の騎馬武者に槍をつけることだけに専念し、二人も天に投げ上げればすぐに長槍を猿に渡して、普段使い慣れている一間四尺の槍に持ち替えるのだ。

要するにあの荒業は鬼面（きめん）人を驚かすためのものでしかなく、武芸としては邪道の極みなのだ。皆はあのような派手な演出に走らず、地道に鍛錬に励んでくれ」

「しかし若があの長槍を使いこなすための鍛錬を目にしていた我らにも、あの有坂城攻めの開戦直後にあの荒業を目にした時には、あまりの見事さに目を疑いましたぞ。敵方があの一瞬で戦意を喪失したのは、まったく無理もございますまい」

三郎太に続いて、星沢秀政が言葉を挟んだ。

「まったくあの時ほど、若の郎党でよかったと思ったことはござりませぬな。敵にあんなに桁外れに強い武者が現れたら、私だって魂が宙に飛んでしまいましょう」

普段は物静かな一徹が、戦場ではそのような派手な演出をするとは朝日にとって意外であった。しかしいくさにあたっては相手の闘志を殺（そ）ぐことが何よりも大切で、村上家中随一の武勇の呼び声が高い一徹ですら、常に自分をより強く見せるための工夫を凝らしているのであろう。

朝日がこの広間にいることを知って、奥女中の一人が朝日の昼餉の膳を運んできた。朝日は郎党達の視線にも動ぜずに、にこにこと箸を取った。この奥方の見事な食べっぷりに、郎党達から歓声が湧いた。

「奥方を、何とお呼びすればよろしいのかな。やはり、奥方でございましょうか」

三郎太が、微笑を含んでそう尋ねた。

「奥方とは、他人行儀な。朝日と呼んでくださいまし」

「俺が家督を継ぐまでは、父上が殿、母上が奥方、俺は若、朝日は朝日でよかろう」

一徹の言葉に郎党達はうれしそうに頷いた。一徹も朝日も郎党達と同じ年配であり、主従ではあっても互いに仲間意識が抜けないのだ。

「それでは、朝日様でよろしゅうござるな」

三郎太の言葉に一徹が頷くと、郎党達の中から再び歓声が湧いた。大柄でしかも少しも気取ったところのない朝日は一徹といかにも似合いで、坂木での祝宴の時から郎党達の敬愛を一身に集めていた。

それにしても、郎党達の食欲は健康な若さが爆発するばかりに凄まじかった。一徹はかつて朝日に自分は人の三倍食べて五倍働くと言ったことがあるが、この郎党達も間違いなく人の三倍食べて五倍働く覚悟を固めているのであろう。

勇将のもとに弱卒なしという言葉通り、ここにいる一徹以下の十二人はまさに一騎当千の兵（つわもの）どもであった。

三

昼餉が済んで一息入れてから、鈴村六蔵とその二人の郎党は六蔵の屋敷に引き上げたが、あとの九人は廏（うまや）から二頭の馬を曳き出し、一徹と駒村長治が騎乗して屋敷の正門から駆け出していった。七人の若い郎党達は、徒歩でその後を追って姿を消した。

朝日は一徹から言いつけられていた通りにさわの居室へ行き、廊下に座って声を掛けた。

さわはすぐに朝日を部屋に呼び入れた。

「まずは、この館の中を案内してあげましょう」

昨日ここへ来た時から感じていたことだが、この館の規模は朝日の想像を遥かに超えていた。菊原家の屋敷は三百坪の敷地に四十坪ほどの建屋であったが、石堂家の館は敷地がなんと二千五百坪、建屋はこの母屋だけでも二百四十坪はあるという。

客を迎える書院だけでも、通常のものと主君の村上義清やその重臣達を迎える次の間付きのものとの二つがある。

「殿様がお越しになったことはございますのか」

「いえ、まだ一度も。屋代様は二、三度お見えになりましたけれど」

屋代政重は屋代城（現・千曲市屋代一重山に所在）主で、その居館は石堂村の北一里ほどしか離れていないので、坂木との往復の折などに立ち寄ることがあるのであろう。数年に一度の来客のためにこの広大な書院が用意されているというのだから、朝日は驚く他はなかった。

玄関の両側には使者の間、用人所、番所といった石堂家の家臣が執務や警備のために使用する大きな部屋が並んでおり、その一室には一徹の兄の輝久が詰めていて、帳簿を開いている五人の家臣にきびきびと指示を与えていた。

兄弟でありながら、兄は見るからに有能な文官でこうして室内にこもり、弟は明るいうちは屋外で郎党を集めて武芸の鍛錬に余念がないという好対照が、何とはなしに朝日の頬をほころばせた。

最後に案内されたのは、何千冊あるのか数が分からないほど膨大な書物が収納された書庫であった。

「石堂家は、好学の家柄なのでありますよ」

さわはいくらか誇らしげに言葉を続けた。

「ここにある書物は、石堂家数代の当主が手間暇掛けて集めたものなのです。売り物があれば買い求め、どこかに珍しい書物があると聞けば頼み込んで書き写させてもらい、これまでに至ったのですよ。龍紀様や輝久はもとより、一徹も読書にかけては誰にも引けは取りませぬ。

ここにはあらゆる分野の書籍が揃っております。朝日は、本を読まれますか。お好きならば、いつでも好きな本を持ち出していいのですよ」

「大好きでございます。うれしゅうございますね、これからは名のみ存じていた書物を思いのままに読むことができますとは」

朝日は石堂家の想像を絶した豊かさを思わなくてはいられなかった。この屋敷の造作にしても調度にしても華美なところはまったくなかったが、柱や梁の太さ、木口の見事さには感嘆すべきものがあった。

もちろん石堂家は禄高千五百石の次席家老であり、僅か二百石の菊原家と単純に比較するのが愚かなことは朝日にも分かっていたが、その格差は禄高の違いだけからくるものとは到底思えなかった。

使用人の数の多さも、菊原家とは桁が違っていた。

家政を担当する者が五人、門番や取次ぎ、庭職人まで加えると常駐の男達だけでも十人を超える。女中はさらに多く、奥女中が龍紀、さわ夫妻付きが二人、一徹、朝日夫妻付きが二人、いく付きが一人の計五人、この館全体の賄い、洗濯、郎党達の衣類の調達など一切の雑務を分担する女中が十人の計十五人もいる。これに郎党達が加わるのだから、食事時の台所が火のついたような大騒ぎになるのもまったく無理はなかった。

一通り館の中を歩き回ったあとに、朝日はさわに感謝の言葉を述べてからこう付け加えた。

「石堂家の嫁になりましたうえは、私は石堂家のために身を粉にして働く覚悟でございますが、さし当たってこれだけはやらねばならぬことは何でございましょうか」

「一徹は武辺にかけては村上家きっての若武者ですが、こうと信じたら主君の命にも従わない頑固なところがあるのが、私には気掛かりでなりませぬ。貴方はあの一徹をふんわりと包み込んで、一徹が一途に思い詰めることがないように気を配ってくれれば、何も言うことはございませぬ」

さわは優しくそう言ってから、ふと思いついたように付け加えた。

「そうそう、朝日は朝餉の時に一徹と同時にご飯のお代わりを申しつけておりましたね。一徹は二十六貫の巨漢でございますよ、いくら大柄とはいえ女の貴方が一徹と張り合ってご飯を上がるのは、いささか見苦しゅうございました」

朝餉の時にお代わりをしたのは一徹と朝日の二人だけであった。まして痩せていて食の細いさわから見れば、この館での最初の朝から元気一杯の朝日の食べっぷりは目に余ったのであろう。

朝日としては、人一倍食事が進むことは一徹が笑って了承していることでもあり、ここでさわに文句をつけられるとは思ってもいなかったが、むろん面と向かって反論できることではない。

「申し訳ございませぬ。これからは気をつけます」

この場は頭を下げて収めておき、朝日はさわと別れて一徹の部屋に戻った。

申の刻を僅かに過ぎた頃に、遠駆けに出ていた一徹以下の郎党九人が戻ってきた。聞くと、行った先の川原で半刻ばかりも角力（すもう）に興じていたという。

九人はまた井戸端で汗にまみれた稽古着を脱ぎ、頭からざぶざぶと水を被った。脱ぎ捨てた衣類は女中達が集めて洗濯用の籠に入れ、かわりに朝着ていた衣類が運ばれてきた。

一徹も朝日が用意した小袖と袴を身につけ、ようやく大身の武家にふさわしい身なりになった。これで今日の鍛錬は終了し、郎党達は郎党長屋に引き上げ、一徹と朝日は連れ立って居室に戻った。

髻（もとどり）を切って水を被ったために大童（おおわらわ）となった一徹の髪を髷（まげ）に結い上げながら、朝日はことさらに明るい声で話し掛けた。

「先程お母上から、朝餉の時に私がお代わりをしたことについてお小言を頂戴してしまいました。一徹様しかお代わりをしないのに、それに張り合って一緒にお代わりをするなど、女のたしなみとしてあるまじきことだと思われたのでありましょう」

「なに、母上がそんなことを申したのか。朝日の食が進むことについては、母上にもよく申し上げげて、くれぐれも注意などしないように頼んであるのだ。それなのに早速の小言とはまことにけしからぬ。私から母上にもう一度、きつく申し入れしよう」

「それはなりませぬ。一徹様からそのような申し入れがあれば、話が大事になってしまいましょう。こんなことでお姑様と嫁がいがみ合うなど、あってはならぬことでございます」

「しかし、それではどうする。食べたい物を我慢するほど、馬鹿馬鹿しいことはないぞ」

「もちろん我慢などできませぬ。早速に手立てを講じましたので、一徹様は黙って見ていてくださいまし」

「何か手立てがあるのか」

朝日は、独特のゆったりとした微笑を浮かべて言った。

「台所では朝餉の片付けが済むと、早速郎党の昼餉のために飯を炊き始めます。そこで私は、女中頭のお雅(まさ)を呼んで頼み込んだのですよ。

『こうしたわけで、食事の時にお代わりができなくなってしまったのです。しかしお腹が空くのは死ぬより辛い。そこでたってのお願いなのですが、郎党達の握り飯を作る際に、奥方様には内緒で私用にもう三つ握ってはくれますまいか』

お雅は大笑いして引き受けてくれました。そういうわけで、私には明日からあの大きな握り飯が朝昼晩に一つずつ用意されるのですよ」

「朝日もなかなかの策士だな」

一徹は感嘆した。

（朝日にあまりに率直に打ち明けられて、お雅は大笑いをすると同時にこの新しい女主人にたまらない親近感を抱き、母上に対して秘密を共有することでたちまち無二の味方になってしまったのであろう）

そこまで計算して雅に話を持ち掛けたとすれば、朝日の賢さは尋常のものではない。しかもそのやり方にいかにもとぼけたおかしみがあるのが、朝日の持って生まれたおおらかな人柄なのであろう。

「きついお姑に苦労している嫁の話はよく耳にいたします。それを思えば、こんなことは苦労でも何でもありませぬ。それに、お母上の目を盗んで食べる握り飯は、格別に美味しゅうございましょうよ」

身支度の終わった一徹は、朝日を伴って屋敷の案内に出掛けた。二千五百坪の敷地はさすがに広く、大小の庭園、五つの蔵、薪炭小屋、垜（弓の稽古をする場所）、馬場、廏、雨天や積雪時にも武芸の鍛錬をするための道場、太鼓櫓（時刻を告げる太鼓を打つ小さな櫓）、郎党長屋などに加えて女中長屋まである。

女中は母屋の女中部屋で寝起きするのが普通であるが、どういうわけか十五歳になって本人が希望すれば別棟のこの女中長屋に住むことができるという。朝日が覗いてみると南向きに細長い部屋が並んでいる。一徹によると一人一室の個室なのだ。

「郎党達も個室でありますか」

朝日の言葉に一徹は首を振った。

「いや、郎党達は二、三人が雑魚寝をしておる」

朝日は首を傾げた。郎党達こそは石堂家の宝であり、女中達よりも優遇されて当然であろう。

「何故に、女中達は個室なのでありましょう」

「女中達が雑魚寝では、郎党達が忍べぬからよ」

一徹の言葉は、朝日の理解を超えたものであった。

「忍ぶとは」

「分からぬか。夜這いよ」

一徹はさりげなくそう言ったが、朝日は一瞬言葉を失って立ちすくんだ。

夜這いとは農村によくある風習で、独身の男が夜更けに若い娘のもとに忍んで性交渉を行うことを指すのは、朝日もおぼろげながら聞き知っている。もちろん相手の親や当人の了解をとっての行為ではないから、娘にとっては突然の災厄に襲われるようなものであろう。

そうした野卑な風俗は農村のみにあるもので、少なくとも石堂家や菊原家のような上級武士階級には、無縁のものだと朝日は信じきっていた。また昨日今日と石堂家の郎党達や女中達の言動を見ていて、その健康な若さが匂い立つような溌剌(はつらつ)とした雰囲気に、朝日はまことに好ましい感情を覚えてきていた。

ところが、石堂家ではいわば公認の形で郎党と女中の間で夜這いが行われているというではないか。あんなに明朗闊達として若さ溢れる若者達が、急に生臭い体臭を全身から放っているように思われて、朝日の全身に鳥肌が立った。

「朝日、そこへ座れ」

一徹は母屋に続く小道の端(はた)にある大石に朝日を座らせ、自分もその横に並んで腰を下ろした。

「朝日の考えていることは分かっておる。何と汚らわしいと思っているのであろう。だが、石堂村の夜這いとは、決してそんなものではない。まずは私の話を聞け」

四

どこの村でも、村の外れに三十坪ほどの『若衆宿』がある。村の少年は十五歳になると、全員がこの若衆宿に入らなければならない。逆に言えば、若衆組に加入することで少年は初めて一人前の若者として認められる。

若者達は、それ以後は自分の婚儀が決まるまでずっとここで過ごすことになる。

若衆組は完全な若者達だけの自治組織で、余程目に余ることがない限りは、村の大人達も運営に口を挟むことは許されない。ここで共同生活をすることで年少者は年長者を敬い従うことを覚え、年長者は年少者を可愛がるとともに、村人として守らなければならない掟を叩き込む。

若者の長は『若衆頭』と呼ばれ、年長者の中から体力気力ともに優れていてしかも統率力があり、年長者、年少者の双方から人望のある者が互選によって選出される。

農閑期には、自宅に食事を摂りに戻る以外は全員がずっと若衆宿に詰めているが、農繁期は自分の家の農作業を手伝わなければならないので、夕食を済ませてから三々五々ここへ通ってきて一晩を過ごし、朝になればまた自宅に戻る、ということを繰り返す。

若衆宿は共同生活を通じて村人としての連帯意識を高めるのが主目的ではあるが、若者達の集団である以上、様々な知識、体験が先輩から後輩へと伝えられていく。その中でも若者達が強い興味を示すのは、何といっても性に関する体験であろう。

この頃、どこの村にも、『村の後家と娘は若衆のもの』という言葉があった。乱世のこととて、戸主がいくさに動員されて死亡してしまうような例はいくらもあり、若くして後家になってしまう嫁が絶えることはなかった。

むろん働き手を失った後家の家族では田畑を維持していくことは難しく、村の長老達が口を利いて再婚の相手を見つけてやるのだが、時として適当な相手がいないということもある。そうした場合は村全体で手を貸してその後家の田畑を耕作してやり、生活が成り立つように面倒を見てくれるのである。

その見返りとして、その後家には不文律としてある役割が課せられることになっていた。

若衆宿の先輩が、年少者の希望を聞いてその後家のところに連れて行き、男女の道の手ほどきを頼み込むのである。

男女ともに貞操観念のさらにない時代だから、後家は内心喜んでかいやいやかはともかく、その年少者にいわゆる『筆おろし』を体験させてやるのだが、後家の役目はそれだけではない。むしろ性行為そのものよりは、その後の寝物語が大切なのである。

後家はその若者に、夫婦とはいかなるものか、そのために男の果たすべき役割は何か、女の務めとは何かを、繰り返し噛んで含めるように言い聞かせる。

夫婦にとって性関係は大切な要素ではあっても、いい家族を築いていくためには、男女がともに力を合わせて努力していくことがそれ以上に大事だということを、骨身に染みるほどに分からせてやらなければならない。

こうして性の体験を積み、夫婦のあり方についての知識が充分に備わったところで、後家はこの若者を紹介した年長者にその旨を告げる。年長者はそれを受けて若衆頭に報告し、こうして若者は晴れて想う娘のところに忍ぶことが許されるのだ。

一方村の娘達は十五歳の春を迎えると、若衆宿に程近いところに建つ『娘宿』に入る。そこで共同生活を送りながら先輩達から厳しい指導を受け、女が村で生きる知恵を叩き込まれる。

娘宿が若衆宿と違っているのは、娘達一人一人に狭いながらも個室が与えられていることだ。それは言うまでもなく、若衆が夜這いを掛けやすくするための配慮なのである。

一徹は若衆宿と娘宿のあらましを語ってから、さらに続けた。

「この村の掟がよそと違うのはここからだ。たとえばちずという娘のところに吾作、多平、権三の三人の若者が夜這いを掛けていたとしよう。そうした生活が半年、一年と続くうちに、やがてちずは腹に子を宿すことになる」

懐妊が分かったところで、ちずはちずなりに考える。

（さて、おらは誰と夫婦になるべ。吾作の家は七反の田畑持ちでそれも吾作は長男だから、一緒になれば一生食いっぱぐれはなかんべ。だども吾作の母親はこの村でも評判のきつい人で、あの家に嫁に入ったらおらはあの姑にいびり殺されてしまうに決まっている。

多平は気立てが優しく、おらを大切にしてくれることにかけては一番だけんど、あの家には田畑が三反しかない。あそこに嫁いだら、一生水呑み百姓で腹一杯飯が食えることはまずなかんべ。

権三は気性もまずまずで、しかも五反の田圃がある。また母親がいい人で、表で会うといつも優しく声を掛けてくれる。あの人とならいい嫁姑の仲になれるに違いなかんべ。やはりおらは権三の嫁になろ）

思案が定まったところで、ちずは両親に妊娠したこと、自分としては権三と夫婦になりたい旨を告げる。その理由を聞いて両親も納得がいけば、早速吉日を選んで着古した紋服に身を包んで権三の家に挨拶に出かけることになる。

むろん事前にこの日のことは申し入れてあるから、権三とその両親も礼装してちずの両親を迎える。ちずの父親は、深く一礼して重々しく口上を述べる。

「我らが娘のちずの腹にそちらの権三の子が宿りました。まことにめでたいことでございます。つきましては吉日を選んで婚礼の儀を上げとう存じます」

これを受ける男側の口上も決まっている。

「ちずに権三の子が宿ったとのこと、まことにめでたいことでございます。今後は若い二人の後見人として幾久しくお付き合い願います」

こうして二人は若衆宿、娘宿を抜けて夫婦となり、村を挙げての祝福のもとに一人前の大人として迎えられることになるのだ。

「何と、石堂村では娘が相手を選ぶのでございますか」

朝日は驚きの声を上げた。世間の常識では娘の婿は親が決めるもので、娘に決定権などありはしない。

「そうだ。どの娘に忍ぶかは男が決めるが、通ってくる男の誰を選ぶかは娘が決める。この娘の決定は絶対のもので、誰も覆すことはできぬ。これは男にとっては辛い掟であるぞ。

この掟があればこそ、男は遊び心や冷やかしで娘のもとに通うことはできぬ。その娘と夫婦になりたい、少なくとも夫婦となってもよいという気持ちがなければ、忍ぶことはかなわぬ。しかも娘に指名されなくても不平不満を漏らすことは許されず、指名された男を笑って祝福してやらねばならぬ」

「もし、指名された男が逃げ回ったらどうなるのでございますか」

「そんな例は聞いたこともないが、狭い村の中のことだ、誰がどの娘のもとに通っているということは誰もが知っている。身に覚えがありながら、責任を取らないということになれば、男の風上にも置けぬ卑怯者として物笑いの種にされてしまうであろうな」

この時代、人前で物笑いの種にされるということは、この上ない恥辱なのである。そうなっては、村を出ていく以外に生きる道はあるまい。

「けれど、分からないことが一つあります。娘が条件のよい相手を選ぶのは当然としましても、腹の子がその相手の子とは限りますまい。先程の例で言えば権三とちずの間の子供が成長するにつれて多平に似てきたりしたら、困ったことになりませぬか」

「そんなことは往々にしてあるが、そこで権三が騒ぎ立てたりしたら男が廃る。そんな時に、『他人の空似というのは、本当にあるものだな。この子は多平によう似ておるではないか』と笑い飛ばしてこそ、権三は見事な男だと周囲から賞賛されるのだ」

「はあ、さようでございますか」

朝日は笑い出してしまった。石堂村の男達は見栄と痩せ我慢を貫くことで、自尊心を満足させているのであろう。成る程、これでは男と女とどちらが辛いか分からない。

「朝日も知っての通り、百姓の暮らしは自分の一軒だけでは成り立たぬ」

水路の整備、堤防の補修、茅葺きの屋根の葺き替えなど、何につけても村中総出で掛からねばならない。村は村民全体の暮らしを成り立たせる、運命共同体なのである。そして子供達は村の次代を担う貴重な働き手であり、村全体の財産なのだ。それだからこそ子供達が悪さをしたり村共有の物を壊したりしていれば、それを見かけた村人は誰の子供だろうと厳しく叱りつけて、その子が真っ直ぐに育つように気を配るのが常であった。

「自分は、村全体の共有財産の中の何人かを縁あって子供として預かっているのだと思えば、実の親が誰かという詮索などは、野暮の骨頂なのであろうよ」

一徹はそう言ってから、笑って付け加えた。

「それに男がいきなり忍ぶのが許されているとはいえ、そんなことをすれば娘の不興を買う恐れがある。普通は、『俺は汝を愛しゅう想うておる。忍んでよいか』と前もって了解を得ておくことが多い。また気の強い娘ならば、自分から進んで『待っているのに、なぜ通ってくれぬ』と誘いかけることも珍しくないという。こうして纏まる縁はすべて相思相愛なのだから、考えようによっては上級武士の婚儀よりも幸せかもしれぬぞ」

「石堂村は、まことに面白いところでございますな」

朝日は声を上げて笑った。この村の夜這いの掟は人情の機微を穿っていて、どうなろうとも互いに恨みっこなしなのである。

(この村の領主の妻となるのは面白そうだ)

朝日は期待に胸を膨らませながら、顔を高く上げて晴れ渡った空を眺めやった。

五

「石堂家は龍紀の隠居に伴い、本家の家督は次男・一徹が相続し、また今回発足する分家は長男・輝久が当主の座に就くことになった。これに伴い、石堂龍紀が十八年にわたって務めてきた勘定奉行の役職を、今後は誰が引き継ぐかが今日の議題だ」

村上義清は一徹の婚儀の十日後、屋代政重、室賀光氏、清野清秀(きよのきよひで)、山田国政(やまだくにまさ)、竹鼻虎政(たけはなとらまさ)、石堂龍紀などの重臣を村上館の書院に集めて、討議の口火を切った。

「このところ、勘定奉行は石堂家の当主が三代にわたって務めておる。従って輝久が引き継ぐのが順当なところだが、誰か意見はあるか」

待ち構えていたように、清野清秀が義清の顔を真っ直ぐに見て声高に異論を唱えた。

「勘定奉行は、村上家の財政を預かる重要な役職でござる。輝久殿はまだお若く、実務の実績もないではありませぬか。ここは誰か年長の者が上に立ち、輝久殿はその下で経験を積んでもらうのが穏当なところでありましょう」

清野清秀は三十代の半ばで眉高く鼻筋の通った整った顔立ちだが、感情が激すると口元が歪んでいかにも底意地が悪そうな悪相になった。重臣達は互いに顔を見合わせて頷いた。

（やはりそうか）

と、石堂龍紀はひそかに溜息をついた。

何しろこの席にいるのは譜代の臣ばかりで、新参の者は龍紀ただ一人なのだ。

譜代の家臣達はただ臣従の歳月が長いというだけではなく、濃い薄いの違いこそあれ、すべてが村上家の血筋に繋がる者達だ。しかも長い間に譜代同士で通婚を重ねて、がんじがらめの固い絆を作り上げている。村上本家と栄枯盛衰をともにする運命共同体と言える。

それに対して、村上家と血が繋がらない家臣は新参者と呼ばれた。後の世の言葉でいえば、外様(とざま)である。新参はその時の周囲の情勢によって利害の打算で村上家に臣従した者だから、近辺に村上家より強い武将が出現すれば、いとも簡単に牛を馬に乗り換えてしまう。

村上家の当主が譜代を尊重して、新参を軽く扱うのはまことに無理もなかった。村上家の要職は譜代で独占したいという感情には、そうした背景がある。

勘定奉行は金銭を扱う職掌柄、出入りの商人などからの付け届けが多い。言ってみればまことにおいしい役職なのである。従って歴史のある大名家では、勘定奉行は譜代の臣の中でも主君に近い血筋の者が任命されるのが常識とされていた。誰を任命しても私腹を肥やすのが避けられないのであれば、せめて自分の金が自分の身内に流れるのならばまだ我慢ができるということであろう。

七十年前、慣例を破って石堂家が勘定奉行の職に就くまでには、以下のような経緯があった。

＊　＊

村上家は信濃でも極めつけの名家である。村上家の菩提寺である満仙寺に伝わる家系図によれば、その祖先は河内源氏であるという。

寛治八年（一〇九四年）に源惟清が白河上皇を呪詛するという事件があり、このために一族はばらばらにされ遠国へ流刑となった。そのなかで信濃の国・更級郡村上郷に配流となった盛清が、村上家の始祖である。

信濃で兵を挙げた木曾義仲が寿永二年（一一八三年）に平家を討って上洛した時の家臣団に、村上為国の名が見える。後醍醐天皇による建武の中興（一三三四年）に当たっては、鎌倉幕府の倒幕に貢献したのが認められて、村上信貞は建武の新政下で『信濃惣大将』と称することが許された。

しかし室町時代になると、信濃の国では村上氏が次第に衰退する一方で小笠原家が台頭し、応永二十三年（一四一六年）には信濃守護職に任ぜられるに至った。

村上家が復活する契機となったのは、元中元年（一三八四年）に村上義国が埴科郡坂木郷を併呑して、村上氏の本拠を更級郡村上郷から坂木に移したことであった。

埴科郡と更級郡の境界はおおむね千曲川で、右岸が埴科郡、左岸が更級郡となるが、北信濃と東信濃とが接する土地が埴科郡では坂木郷、更級郡では村上郷なのである。つまり村上郷と坂木郷とは、千曲川を挟んで向かい合う隣地なのだ。しかしその重要性は、天と地ほどに違っている。

それは千曲川の右岸に沿って、北国街道が東西に走っていることに起因している。

北国街道は越後の高田（現・新潟県上越市）を起点として関山、野尻、善光寺、屋代、坂木、塩田平、小室などを経て追分（現・北佐久郡軽井沢町）で東山道（後の中仙道）と合し、碓氷峠を越えて上野、武蔵へと続いている。

つまり坂木は越後と北信濃、東信濃、北関東を繋ぐ交通の要衝なのだ。周囲に海を持たない信濃にとっては、命の綱とも言うべき塩や海産物がこの街道によってもたらされる。また麻や繭、絹織物のような衣料品、米穀、茶、紙、炭、陶器、木製品などの各地の莫大な量の特産品が、馬の背に積まれてこの街道を往復している。

　また東信濃、北信濃ばかりでなく、越後からも北関東からも善光寺詣での善男善女はこの街道を利用したから、この道は別名を善光寺街道と呼ばれたほどに人の行き来も盛んであった。そのために坂木は早くから宿場町として栄えていた。

　坂木は背後に五里ヶ峯、鏡台山(きょうだいさん)、鳩ヶ峯(はとがみね)、大道山(だいどうさん)、大峯山(おおみねさん)などの険しい山塊が迫り、前を千曲川が流れる狭隘な平地に立地する宿場町なので北国街道以外の抜け道はない。従ってここに関所を設ければ、そこから上がる関銭(せきせん)（通行税）だけでも莫大な金額になる。

　この経済力を背景にして村上家が財を蓄えていく一方で、寛正(かんしょう)から応仁に掛けて（一四六〇年代）、中信濃に拠る小笠原持長(もちなが)と南信濃に拠る光康(みつやす)の対立が、泥沼化していた。

　この機に乗じて当時の村上家の当主、政清(まさきよ)は兵を挙げた。西は坂木郷、村上郷に隣接する埴科郡、更級郡の村々を次々と攻略し、東は東信濃の小県郡の塩田平を手中に収めるなど急激に領地を拡大していった。

　石堂家三代目の当主、石堂信豊(のぶとよ)は、この昇り龍のような村上家の勢いにいち早く目をつけた。

　石堂家はもともと小県郡の塩田平から流れてきて石堂村にいついた郷士であったが、

永享（えいきょう）年間（一四三〇年代）に入って野武士の被害がひどくなり、これに対処するために武勇優れた清住信義が村人に推されて采配を任された。信義はいくさの才能があって野武士の攻撃を数度にわたって退けたことから、その功績を買われて石堂村の領主となり、これを機会に姓を村の名にちなんで石堂と改めた。

しかし石堂村は僅かに一千石だから、その動員能力は三十名内外に過ぎない。その弱点を補うために周囲の小豪族達と攻守同盟を結び、誰が攻められても共同して敵に当たる体制は作っていたが、それでも総兵力は二百名にしかならない。

近隣のどこかに五百名、千名を動員しうる新興勢力が台頭すれば、同盟軍などひとたまりもなかった。

(千石の小領主の家の安泰は常に危険な綱渡りの連続で、石堂家が三代にわたって独立を保っていられたのは、ひとえに運がよかっただけだ)

と、この二十九歳の若い領主は思っている。

信豊は、遅かれ早かれ北信濃全域が村上氏の手に落ちると読んだ。

(せめて三千石の身代があれば同盟を申し入れることも可能だろうが、僅か一千石ではそれもできまい。ならば攻められる前に臣従を申し入れた方が、好感を持って受け入れられるだろう)

信豊は坂木郷の村上館に足を運んで、村上政清に家臣になりたい旨を伝えた。書面であらかじめ申し入れていたこともあり、はたして政清は喜んで信豊の臣従を認めた。

信豊が察していた通り、村上家としては中信濃の小笠原家に対抗できるだけの勢力を築くことが急務なのに違いない。

「それで、石堂殿の得手は何でござろうかな」

中背ながら無駄のない引き締まった体軀の政清は、話が一段落したところで穏やかな口調でそう尋ねた。一千石の本貫を持つ家臣ともなれば、家中での扱いもそれなりにしなければならない。

「僅か千石の身代でござれば、いくさというほどのいくさはしてきておりませぬ。むしろ得手とするのは、算用の技でございます」

「ほう、算用の才があるのか」

文字に明るく算木（さんぎ）を用いて四則の計算ができるというのは、この時代にあっては稀有の才能なのである。

「勘定方などは充分に務まると思っておりますが、お家の台所を預かる重要なお役目でござれば、新参の者には無理でござりましょう。とりあえずは荷駄方（補給部隊）をお申し付けいただければ、幸いでございます」

勘定方は村上家の金庫番であるだけに、譜代の重臣、それも血縁の濃い親族が務めるのが通例となっている。信豊はそれを百も承知していて、卑役（ひえき）の荷駄方を希望したのだ。

荷駄方はいくさを円滑に進めるために不可欠な役目なのだが、こうした後方支援部隊は華やかな戦闘部隊に比べていかにも地味な役割で、表舞台に出ることはめったにない。まずはこうした裏方で、こつこつと実績を積むしかあるまい。

こうして信豊は荷駄奉行に就任したが、幸いというべきか、発展途上の村上家は農閑期には絶えずいくさに明け暮れており、信豊は大いに手腕を発揮して評判を高めた。

何しろ信豊が荷駄方を預かってからは、雑兵達に貸し与える武具や腹巻（簡便な鎧）、陣笠などに不足することがなく、いくさが長引いても兵糧をはじめとする生活必需品の補給が滞ることがないのである。

信豊は配下の者達への面倒見がよいだけに、荷駄奉行の役料だけでは常に持ち出しであったが、少しも意に介することなく忠勤を励んでいた。

六

「信豊、内密の話がある」

石堂信豊が村上政清に仕えて三年、この男が見込んだ通りに村上領は、埴科郡と更級郡の東半分、小県郡の北半分までに勢力を広げた。信豊はその間一貫して荷駄奉行の職にあり、充分な成果を挙げて政清の篤い信頼を勝ち得ていた。

政清は人払いをして、村上館の広い書院に信豊と二人だけで向かい合った。

「そちも耳にしておるやもしれぬ。勘定奉行の荻野正和が、出入りの商人と結託して大いに私腹を肥やしているという噂があるのだ。何かの間違いならばよいが、たしかにこの二、三年兵糧や軍資金が不足しているためにいくさができないことが何度もあり、噂を根も葉もない風評とばかり聞き流すことはできぬ。

そこでそちが財政に詳しいのを見込んでの頼みなのだが、荻野正和に不正があるのかどうか、探ってはくれぬか」

信豊は考え込んだ。勘定方の役人達が坂木の町で豪遊しているという話は聞いたことがあり、荻野正和の日頃の言動からしてもありそうなことだと思っている。また経理に不当な処理が行われているならば、信豊の知識と経験からすれば立証することはさほど難しいとは思われない。

問題は荻野正和は譜代筆頭の重臣であり、その不正を暴くことは大問題に発展しかねないことだ。信豊は政清に仕えて僅か三年の新参者だから、荻野正和を失脚させるような事態にでもなれば、譜代の臣すべてを敵に回すようなことにもなる。

信豊は日頃の穏やかな表情を消して、居住まいを正した。

「不正の事実を明らかにすることは、村上家の家中に騒動を引き起こす恐れが充分にございます。私のような新参者が、譜代筆頭の荻野様を勘定奉行からの罷免に追いやるようなことがあれば、譜代の方々は今後はすべて私の敵となりましょう。どうしてもやれと申されるならば、殿にも何があっても譜代の方々の肩を持たず、拙者と心中する覚悟をしていただきたい。その確約をいただかなければ、とてもお引き受けするわけには参りませぬ」

「もとより、その覚悟だ。村上家が兵を挙げて六年、領地の拡大もようやく軌道に乗りつつある。何としてもあと数年で北信濃全域を手中に収め、中信濃の小笠原政秀(まさひで)に対抗できる実力を持たねばならぬ。村上家の家運は、今後数年の我らの働きに掛かっているのだ。

この大事な時に、譜代の臣でありながら私利私欲を貪って村上家の財政に穴を開けるなど、もっての他である。この不祥事を厳しく断罪することで、家中の綱紀(こうき)の粛正を図りたいと思うておる」

政清の厳しい表情を見て、

(殿は本気でやる気だ)

と、信豊は確信が持てた。

村上政清が坂木郷を足場に領土拡大に乗り出して僅か六年、譜代の臣といっても、臣従の歴史こそ長いが村上家に対して多大の貢献をしてきている者ばかりではない。

自分のような新参でも、実績でいえば並の譜代よりはずっと上であろう。

それに、村上家にとって今が切所(せっしょ)だという政清の認識が信豊にはうれしかった。鉄は熱いうちに打てというが、家運が興隆期にかかっている今こそ家中が火の玉になって邁進しなければならないと、信豊も常々思っていた。

(肝心のこの時期に村上家の発展の足を引っ張る者は、譜代の重臣であっても断固切らねばならぬ)

という政清の決意は、大英断と言っていいであろう。

「殿にそのお覚悟がおありならば、微力ながら協力させていただきましょう。しかしどうやって荻野殿に対処する暇を与えずに短期間で不正を暴くか、いささか難問でございますな」

信豊はしばらく宙を睨んでいたが、やがていつもの穏やかな微笑を浮かべて言った。

「よい思いつきがございます。ところで勘定方の中に、実務に精通していて、子供が多いとか病弱の両親がいるとか、何か事情を抱えている者には思い当たりませぬか」

翌日の午後、政清は譜代の臣を大広間に呼び集めた。荻野正和と中曾根(なかそね)忠勝(ただかつ)は午前の吟味で罪状を認めたため、今は自宅謹慎を申しつけてあった。勘定方の不正が摘発されたことはすでに家中に噂として広まっており、大広間に集まった面々もあちこちに固まってはざわざわと私語が絶えなかった。

「本日皆に集まってもらったのは、他でもない。昨日勘定方の豊城作左から、勘定奉行の荻野正和が私腹を肥やしているとの直訴があったのだ。以前から荻野についてはよからぬ噂があり、作左の証言に基づいて検分してみると、はたして詰め所から表向きの帳簿と裏の帳簿が出てきた。それを突き合わせてみると、荻野正和と中曾根忠勝が組んで公金を横領していることは疑う余地もない」

実のところは、豊城作左が五人の子持ちでしかも病弱の両親を養っていることに目をつけ、『正直に話せば、お前だけは処分の対象にしない』と持ちかけて内情を聞き出したのである。

政清はしんと静まり返った譜代の臣を眺め渡して、厳しい調子で言った。

「そこで今朝二人の詮議を行ったのだが、忠勝自筆の裏帳簿があることが動かぬ証拠となって、二人とも最後は罪を認めた。まだ横領額の全体は判明しておらぬが、この一年だけでも五百貫（一貫は一千文）にも達するものと思われる。今はとりあえず両人を自宅謹慎させているが、お家追放は免れぬところであろう」

お家追放と聞いて、譜代の臣達の間にどよめきが起きた。政清は一同の静まるのを待って、強い口調で続けた。

「わしは残念でならぬ。これが新参の者ならまだ分かる。新参は周囲の状況からわしに臣従するのが得と見極めて身を寄せてきた者、情勢次第では簡単に寝返る。忠誠心など求めるべくもない。

だが、荻野は譜代筆頭ではないか。譜代は皆我が一族、互いに力を合わせて興亡をともにする仲間なのだ。兵を挙げて六年、今や村上家は埴科郡と更級郡の東半分、小県郡の北半分を支配下に置き、豪族から大名へとのし上がっていく途上にある。ここは譜代の全員が力を合わせて、脇目も振らずに領土拡大に邁進せねばならぬ」

政清はここで言葉を切り、穏やかな中にもぎろりと、力のこもった視線を全員に投げた。

「毎年のようにいくさが続き、どの家も金や兵糧のやりくりが厳しく、また死傷者を出しているであろう。皆の苦労に対して充分に報いてやれぬのは、わしもまことに心苦しゅう思うている。だが、これからの何年かはさらなる胸突き八丁が続く。この試練を乗り越えて北信濃全域が我がものになった時に初めて、皆の長年の苦労に報いることができよう。

今こそ譜代の者の忠誠心が試されているのだ。今はどんなに苦しくとも、我らの将来には大いなる夢がある。皆が笑い合える日が一日も早く来るよう、力を合わせて頑張ろうではないか」

しばらくは大広間に私語が満ちていたが、やがて清野正孝(まさたか)が声を上げた。

「それで、勘定奉行の後任には誰を持ってくるおつもりでありましょうか」

政清は腹に力を入れて即答した。

「この席にはおらぬが、石堂信豊こそ適任だと思うている」

また大広間にどよめきが起きた。

「勘定奉行は、譜代筆頭が任命されるのがしきたりでございます。このような重大な任務を、殿は本気で新参の石堂殿にお任せになりますのか」

清野正孝に続いて、今度は室賀定家が顔を上げた。

「石堂殿は、新参ではありませぬか。新参者に忠誠心など望むべくもないと、今殿が申されたばかりでございます」

「今度のことで痛感したのだが、勘定奉行の仕事はあまりに専門的に過ぎて、説明を聞いても細部まではとても理解が及ばない。つまりは、相手の人柄を信頼するしかないのだ。たしかに信豊は新参だが、この三年の荷駄奉行としての仕事ぶりから見ても、あの男の清廉潔白な人柄には疑う余地もない。また石堂家は裕福で知られているが、それもあの男の財政手腕があればこそだ。万が一信豊が不正を働くようなことがあれば、このわしが腹を切る」

政清の腹の据わった言葉に、譜代の臣は息を呑んだ。譜代の臣でも忠誠心に欠けるところがあれば容赦なく切る、新参の者でも能力と清廉な人柄があれば抜擢する。今回の人事は政清のそうした宣言であった。譜代の者達に緊張が走るのを見て、政清はほくそ笑んだ。

（譜代の臣が、張り詰めた気持ちでそれぞれの役目に取り組む）

それこそがこの当主の狙いであった。

信豊は、就任に当たってただ一つ条件をつけた。それは、荻野正和と中曾根忠勝を除く勘定方の役人達は一切処分をせずに現職にとどめること、役料を現在の五割増しにすることであった。

勘定方は専門職であるだけに、一度に全員を切ってしまっては、後任の目処が立たない。

「従来勘定方は役得の多い業務であることから、役料は少額に抑えておいてよいという運用がなされておりました。しかしそれではどんなに清廉を貫こうとしても、付け届けを受け取らなくては生活が成り立ちませぬ。今後は役料で生活が立つようにする代わりに、出入りの商人とつるんで不正を働くようなことがあれば、厳しく罰することにいたしとうございます」

この要望は受け入れられ、石堂信豊は平時にあっては勘定奉行、いくさになれば荷駄奉行の二役を兼任することになった。信豊の厳しい管理によって出入りの商人達との癒着が根絶された結果、村上家の財政は目に見えて健全化され、そのことが村上家の発展に一層の弾みをつけることになった。

その実績により、十年後には石堂家は新参の身ながら、次席家老の扱いを受けるに至った。

信豊が勘定奉行に任命されるまでは、荻野家、室賀家、屋代家が村上家の三大老で、平時の内政はこの三家が中心となって動いていた。荻野氏の失脚後は清野家がそのあとを継いだが、三大老の中に勘定奉行がいないとなると、財政の絡む話はどうにも論議が進まない。そこで政清は三大老に石堂信豊を加えた四人で、家内を運営していこうと考えた。

次席家老という肩書きは、三大老に準ずる家格を表す苦心の命名だった。

この待遇にも、譜代の臣の間では不満の声が絶えなかった。あらゆる役職は譜代の臣の聖域であって、新参の石堂家が勘定奉行、次席家老の要職に就くということなどは、譜代の臣から見ればあってはならないことなのだ。

そうした家中の声を政清が押し切っていけたのは、尚武の村上家にあっては勘定奉行は文官の最高位とはいえ、武官に比較すればずっと下位に見られていたこと、戦時の武官の最高位である二人の副将は三大老のうちの二人が任命され、しかもそのうちの上位の者が筆頭家老職に就くのが恒例となっていて、文官である石堂家が筆頭家老の座をうかがうことは、絶対にできない仕組みになっていたからであった。

つまりは次席家老職は石堂信豊の抜群の功績に対する名誉職の意味合いが濃く、村上家の実権はあくまでも譜代の臣達に握られていた。

その証拠に信豊がどんなに実績を積み上げても、政清から受け取るのは勘定奉行、荷駄奉行としての役料だけで、加増にあずかることはついになかった。

そうした扱いに、信豊はただの一度も不満の色を見せなかった。何となれば、

(石堂家は新参者であり、三百年、四百年にもわたって村上家に臣従している譜代の臣と功を争うことは、無用の波風を招くばかりだ)

ということを肝に銘じていたからである。誰にも言えぬことだが、信豊は実績に応じた恩賞を求めず、村上家に対して常に貸し方であるという立場を信念を持って貫こうとしていた。

＊　　　＊

以来村上家の勘定奉行は、石堂家が踏襲して五代目当主・龍紀に至っている。石堂龍紀の力量、実績は譜代の臣にも文句の付けようがない見事なものであったが、

「まだ二十三歳と若い輝久にこの重職を担うに足る力量があろうか」

というのが、清野清秀を筆頭とする譜代の重臣達の言い分であった。つまりはそれを理由に勘定奉行といううま味のある役職を、譜代の臣に取り戻そうという魂胆なの

である。

だが年長者を上に立てるといっても、石堂家が五十年以上にわたって勘定奉行を務めている以上、譜代の臣の中には実務に精通している者など一人もいない。結局、仕事は配下の役人に丸投げで、うまい汁を吸うだけの話であろう。

上がそういう態度ならば、下も上を見習ってたちまち組織は腐敗する。

三代の石堂家当主が率先垂範して作り上げてきた厳しい綱紀も、何年もたたないうちに地に落ちてしまうのは目に見えている。

大永二年（一五二二年）に甲斐の国を統一した武田信虎は、国力の充実を待って享禄元年（一五二八年）に信濃攻略を目指して諏訪郡に侵入した。しかし諏訪氏は諏訪郡の領主であると同時に、諏訪大社の神官の最高位、大祝を兼ねる特殊な家柄であった。諏訪大社は、信濃一ノ宮であるために神事に関しては信濃一国の武士を動員できる立場にあり、また祭神、諏訪明神が軍神であることから信濃の武人から広くあがめられていた。

従って諏訪氏はその領土の石高以上に動員能力があり、神戸境川の戦いで信虎を撃退して諏訪郡を守り抜いた。

しかし南からは今川氏、東からは北条氏の圧力を絶えず受けている武田氏としては、信濃侵攻を諦めるわけにはいかない。

とすれば、武田の次の標的は佐久郡しかない。武田信虎が、虎視眈々として佐久侵攻の機会をうかがっているという噂が絶えない村上家の危機にありながら、龍紀の引退を機に自家の懐を肥やそうという譜代の臣の魂胆こそは、龍紀には断じて許しがたいものであった。

石堂龍紀は、いつもの温厚な表情を崩さずにゆっくりと一同の顔を見渡した。

「周囲に様々な問題を抱える今、皆様方があえて勘定奉行の大役をお引き受けなされようと思われるのは、譜代のお歴々としてまことに当然でございましょう。また正直な話、勘定奉行はなかなかの激務で、役料だけでは足が出るのが実情でございます。どなたか代わってくださる方がおられるなら、石堂家としてはまことに有り難いことであります。それではまずここで、皆様にはすでに周知のことではありましょうが、村上家の財政の現状について改めてご説明しておきます」

龍紀はここで言葉を切り、用意しておいた資料を義清以下の全員に配った。それは昨年の年貢の倉入れ高、特産品への課税、坂木の関の関銭などの収入、いくさの戦費、村上家の生活費、家臣への恩賞等の支出、さらには現在手掛けている殖産、治水、植林などの事業の状況、今年の見通しにまで詳細に触れていた。

「我が嫡男の輝久は、十七歳の時から石堂家の家政を見させてすでに六年、さらにこの一年は私の手元に置いて村上家の財政も見させております。また私も輝久が一本立ちできると見極めが付くまでは後見するつもりでおりますので、今年の数字もまずは達成間違いなしと思われます。

しかしお歴々の中でそれでは甘い、自分ならばもっとよい実績を出せるという方がおられますならば、私は輝久の勘定奉行就任に、こだわる気持ちはまったくございませぬ」

龍紀の言葉は穏やかながら、財政には並外れた知識と実績を持つこの男に、実務に疎い譜代の臣が歯の立つわけがなかった。

清野清秀を初めとする譜代の重臣達は、渋い表情になって顔を見合わせた。あるいはこの者達の間では、具体的に譜代の臣の誰が次の勘定奉行になるかまで、事前の根回しを済ませてきているのかもしれなかった。

だが石堂龍紀が具体的に数字を挙げている以上、これ以上の結果が残せる自信がなければ、勘定奉行を引き受けても恥をかくばかりである。ましてうっかり役得を貪ったりすれば、その分は財政の悪化としてすぐに表面に出てしまう。

「どうだ、我こそはと名乗り出る者はいないか」

沈黙する重臣達に向かって、村上義清は厳しい視線を投げた。

義清にしても、新参の石堂家に財政を任せることが好ましいとは思っていなかったが、節目節目できちんと報告を入れてくる石堂龍紀の実力を身近で痛感しているだけに、龍紀の力量は家中でも抜きん出ていて、譜代の臣で代わり得るものではないことはよく分かっていた。

(まして長年にわたってこれだけの業績を上げながら、不正に一切手を染めず、毎年の役料の他には何の恩賞も求めない家臣など他にあろうか)

「それでは当分の間は石堂龍紀が後見することを条件に、次の勘定奉行は石堂輝久とする。皆も、異存はないな」

そう言い渡しながら、村上義清は石堂一徹のことを思っていた。

あの男のこのところの功名は、譜代の臣ならば千石、二千石にも値するであろう。それが実際には僅か五百石の加増でしかない。それでも一徹はまったく不満の色をうかがわせない。

家臣とは本来、功名を立ててそれに見合った褒賞を受け、家を大きくするのが目的で臣従しているのだ。それが石堂家に限っては、龍紀にしろ一徹にしろ、どんな功績を挙げても名誉も富も求めない生き方に徹している。

(石堂龍紀といい、一徹といい何と欲のない一族であろうか)

義清は何か心に引っかかるものを感じながら、無理にもそう思い込もうとしていた。

一方の石堂龍紀は、思い通りにことが運んで胸を撫で下ろしていた。この男が身銭を切ってまで勘定奉行の職務に精励しているのにはひそかな魂胆があったが、それは誰にも洩らしてはならないことであった。

第三章　天文三年 夏

一

暑い。石堂村の上に朝から入道雲が群がり起こっていて、雲間から差し込んでくる日差しが肌に痛いほどだ。

「今日からは、村は火事場の騒ぎになるぞ。もっとも、我らには出番はないが」

朝餉を終えて居室に戻ってきた一徹は、ゆったりと小袖の襟を開いてくつろぎながら朝日に声を掛けた。先月に家督相続が執り行われて、一徹が石堂家の六代目当主、同時に輝久は分家の当主となり、龍紀とさわは敷地内に隠居所を建ててそこに移っていた。

「何事でございますか」

「石堂膏（いしどうこう）の調合が始まるのさ。石堂膏は菊原の家にもあったであろうが」

「ございました。名前からしてこの石堂村に由来するものとは思っておりましたが、あれはこの石堂家にもかかわりがございますのか」

「それどころか。石堂膏は石堂家が卸し元なのよ」

『石堂膏』は金瘡（きんそう）（刃物による切り傷）の特効薬で、北信濃、中信濃、東信濃では武家、百姓を問わない常備薬になっている。もっとも一般には、『善光寺膏』の呼び名の方が通りがいい。

「この村の西のはずれに斉間（さいま）氏という郷士が代々住んでいるが、石堂膏はその家に古くから伝わる秘薬なのだ。毎年七月の土用の頃に半月ほどかけて、石堂家の監督のもとに斉間氏が指導して村中総出で調合に励むことになっている。

今日は一の日（呼び名に一のつく日で一日、十一日、二十一日を指す）だから、武芸の鍛錬は休みだ。作業場に連れて行ってやろうか」

「お願いいたします」

好奇心の強い朝日は、目を輝かせた。金瘡の特効薬として世上に名高い石堂膏の調合の現場に立ち会えるとは、何という幸運であろう。しかもどうやらそれがこの石堂家と縁が深いらしいとあれば、興味もひとしおではないか。

「毎年のことながら、石堂膏と真夏の暑さは切っても切れぬ」

斉間家に向かいながら、一徹は並んで歩く朝日に話しかけた。土用の酷暑とあって二人とも軽装であったが、朝日は激しい直射日光を避けるために、涼しげな水色の被（かず）

衣（頭の上から被る丈の長い衣服）を纏っていた。

途中で何人かの村人とすれ違ったが、当初は大柄な朝日の姿に目を見張っていた村人達も最近ではすっかり慣れて、新しい領主夫妻に親しみと敬意のこもったまなざしで頭を下げた。朝日は軽く会釈を返しつつ、爽やかな口調で声を掛けた。

「暑い日が続きますが、源兵衛のところは皆元気でありますか」

源兵衛は自分の名前を朝日が覚えていてくれたことに、にこにこと頬を緩めた。

「お蔭様で」

見送る源兵衛夫婦の前を通り過ぎてから、一徹はさらに言葉を継いだ。

「石堂膏は、善光寺に販売を委託しているものが三千箱、村上家の家中に直接販売しているものが二千箱、計五千箱を生産しているのだ」

「五千箱でございますか」

「善光寺膏は一箱百文、石堂膏は八十文だから、その売り上げはしめて四百六十貫ほどになる」

「四百六十貫！」

朝日はその想像を絶した金額に思わず叫び声を上げたが、それと同時にあることが頭に閃いた。これまで疑問であった石堂家の豊かさが、この副収入によるものに違いないということに思い至ったのである。

戦国時代を平均すれば、一貫は米五石に相当したという。四百六十貫ならば、二千三百石となる。石堂家の取り分がその半分としても、一千百五十石である。これは手取りの収入だから、五公五民の税率を考えれば二千三百石の知行地に匹敵する計算になる。

石堂家の本貫が一千石、一徹が稼ぎ出した知行地が五百石、石堂膏による副収入が二千三百石相当となれば、石堂家の年収は三千八百石の大禄のそれに等しい。それでいながら一千五百石分の軍役で済むとなれば、石堂家の富裕は当然であろう。

＊　＊

善光寺（現・長野市大字元善町に所在）は皇極天皇三年（六四四年）に本堂が創建されたと伝えられる古刹で、天台宗の大勧進と二十五院、浄土宗の大本願と十四坊からなる大寺院である。大勧進は男僧の寺だが、大本願はこのような大寺院には珍しい尼寺で、そのために女人禁制であった旧来の仏教界にはまれな女人救済を謳っているのが特色であった。

また仏教が諸宗派に分かれる前から存在した寺院であるために、宗派の別なく参詣したり参籠することが認められていて、浄土真宗の宗祖親鸞聖人や時宗の宗祖一遍上人も善光寺にこもって悟りを開いたと伝えられている。

このような故事来歴が積み上げられた大寺院であるだけに、善光寺参りは信濃の国ばかりではなく越後や飛騨あたりからも盛んに行われていた。特に一月の御印文頂戴や春秋の彼岸会などの行事が行われる時などは、境内が雑踏して身動きも取れないほどの善男善女で溢れかえるのが常であった。

そうした参拝客を当て込んで、善光寺としても抜け目なく有り難いお札やお守り、数珠、経文、本尊の絵像などを授与品所で売り捌いていた。

（そうした品物と並べて、石堂村に代々伝わる秘薬、石堂膏を売ってもらえないだろうか）

石堂家の三代目当主・信豊は、そう思いついた。

幸い、善光寺には身寄りの者がいる。それも同い年のいとこである。

当時は誰もが迷信深かったから、来世にはこの世で善行を積んだ者は極楽へ行き、悪行のあった者は地獄に落ちると広く信じられていた。そこで困ったのは武士階級であった。乱世とあって武士は日常的に殺生戒を犯しているのだから、死ねば地獄へ落ちなければならないではないか。

そこで仏教界の知恵者が、一族に仏門に身を投じる者がいればその一門は来世には揃って極楽へ行けると説いた。武士階級はそれに飛びつき、競って子弟の一人を寺に入れようとした。

どの宗派にも僧侶の階層があり、ある程度の身分まで昇進しなければ安定した生活は望めない。従って一族の一人を仏門に入れれば、毎年寺に相応の寄進を続けることが必須条件だ。地位を金で買う情実人事であるが、寺側としても寄進がなければ経営が成り立たないのだから、双方の利害が一致して成立した制度であろう。

　石堂家の二代目当主の信忠には男児がなかったために、遠縁の小林家から三男の信豊を婿養子として貰いうけていたのだが、小林家の一族からは信豊と同い年のいとこが十一歳の時に善光寺に入って得度を受け、正蓮坊（しょうれんぼう）の名で僧侶になっている。小林家のある松代から善光寺までは日帰りで往復できる距離だから、信豊は毎年善光寺に参拝に出掛けては正蓮坊に会っていた。

（正蓮坊に話を通せば、石堂膏を善光寺に置いてもらえるのではあるまいか）

　二十二歳になった正蓮坊は、十年以上も修行を積んでいるだけに挙措動作にも落ち着きがあり、身に纏っている法衣から見ても順調に昇進していることがうかがわれた。

　互いの近況報告が済んでから、信豊は本題に入った。

「こうしたわけで、この石堂膏を善光寺に置いてはもらえまいか。参拝客にとっては僧侶の説く来世の功徳も有り難いには違いないが、そんな高邁な説教よりも、目の前の金瘡の苦痛を取り除いてくれる方が余程に有り難味が身に染みよう。

　この膏薬はこの善光寺大勧進の貫主（かんず）（天台宗の大寺の最高位の僧侶）が加持祈禱（かじきとう）して法力をこめた霊薬であるぞと売り込めば、飛ぶように売れるかもしれぬぞ。いや、この膏薬の効き目がいい加減なものならば、私もこんな話は持ち込まぬ。私のこの右腕の傷跡を見てみよ。これはつい先月の小競り合いで負った刀傷だが、二十日を出ずしてこのようにきれいに完治したのだ」

信豊は右腕を小袖の中にしまいながら、微笑とともに言った。

「それでも、まだ信じられぬのも無理はない。ここに石堂膏を見本として置いていこう。これだけの巨刹だ、常住している者も数多いであろう。誰かが金瘡を負ったおりに、この膏薬を使ってみてくれ。効能に得心がいった上で、上司に話をしてくれればよい」

正蓮坊は頷いて石堂膏を受け取ったが、それから半月もしないうちに事件が起きた。

小坊主が僧都(そうず)の身分の僧侶の頭を剃っている時に、手元が狂って首筋に剃刀(かみそり)を立ててしまった。傷は浅かったが血管に達していて血が溢れるように噴き出したから、騒ぎが大きくなった。

それを聞きつけた正蓮坊ははっと石堂膏を思い出し、信豊から聞いた通りに傷口に膏薬を塗りこんでさらしを何重にも折って押さえ、さらに首にさらしを巻いて固定した。効き目は驚くべきもので一刻も経たないうちに出血が止まり、翌日には苦痛もずっと軽くなった。五日目には早くも傷口が塞がり、十日目には長さ一寸五分（約四・五センチ）ばかりの傷跡が薄く残るばかりであった。

正蓮坊は石堂膏の効能に感嘆して、授与品所を管轄する上位の僧、大日坊(だいにちぼう)にそれを伝えた。

「この膏薬の薬効は、疑う余地もございませぬ。この膏薬を持ち込んだ石堂信豊が申す通り、善光寺の大勧進の貫主が加持祈禱して法力をこめた霊薬であるぞと謳えば、飛ぶように売れるのではありますまいか」

二

正蓮坊から連絡を受けた信豊は、授与品所で大日坊と対面した。

「この膏薬は、どれほどの量を納入できますか」

「石堂膏は土用の頃に調合するものでござれば、今は僅かしか手元にございませぬが、土用が来れば纏まった量を製造できます」

「それでは、今回はとりあえず三百ほど注文いたしましょう」

大日坊は、さらに付け加えた。

「この見本は木の椀に入っていますが、これでは見場(みば)が悪うございます。たとえば桐の箱などはいかがでございましょうか」

「いいお考えでございますな。もともと石堂村でうちうちに配っている膏薬でありますから、手に入りやすい椀を用いておりますが、売り物となればそれなりの入れ物を準備しなければなりますまい」

「それからこの膏薬の名前でございますが、善光寺で売るのであれば『善光寺膏』とした方が有り難味がありましょう」

僧侶にしては俗世の欲が色濃く漂う大日坊の商売上手に舌を巻きながら、信豊は大きく頷いた。

「それでは桐の箱を作って、蓋には『善光寺膏』と焼印を入れましょう。それでよろしゅうございますか」

それからなおも二人は話し合って、販価は石堂家が決めること、善光寺側の口銭（手数料）は販価の三割とすること、製造から搬入までの一切を石堂家が請け負うことなどを取り決めた。

石堂村に戻った信豊は、休む間もなく斉間家の当主、主水の家を訪れた。

爽やかな初夏の風が吹き渡る田の畦に立って、信豊は主水に今までのいきさつを話して聞かせた。

「そんなわけで、善光寺では今の木の椀三百個分の量を納入して欲しいという。どうだ、できるか」

「三百個分でございますか。当家だけでは、とても手が足りませぬな」

郷士とはいいながら百姓の生活がすっかり身に染み込んだ風采の主水は、腰の手拭いを取って汗を拭いながら訥々と答えた。

「それはそうであろう。人手は必要なだけ言ってくれ。私の方で村人を駆り集める。むろん手間賃は払うから、村人にも迷惑は掛けぬ」

信豊は、善光寺からの帰り道で考えてきた役割分担を説明した。

土用の日に山に入り、三種の薬草を採取して斉間家の裏庭に運び陰干しにするまでの作業は、主水の指示のもとに村人を動員して行う。動員した村人に対しては、石堂家から日当を支払うものとする。

薬草を練り合わせるのに必要な香油と善光寺膏を入れる桐の箱は、石堂家で一括して調達支給する。膏薬の調合には秘伝があるので、これは斉間家に一切を任せる。こうして出来上がった善光寺膏は、村人に配る分は別として残りの全量を石堂家で買い取るものとしたい。

「これでどうだ。これなら主水のところには一文の出費も掛からぬぞ」

主水が頷くのを見て、信豊はさらに言った。

「それで、今の椀と同じ量だとして一箱いくらで売ってくれる」

主水は困りきった顔で考え込んだが、やがて恐る恐る希望の金額を口にした。信豊は声を上げて笑った。

「これは、商売だぞ。私は斉間家に伝わる秘薬を世に出すことで、主水の家、手伝う村人達、販路を作った石堂家、販売する善光寺、これを買う参拝客のすべてを幸せにしたいと思うておるのだ。分かった、言い値の五割増しで買い取ることにしよう」

その言葉通り、信豊は土用の日から始まった作業を差配して、作業に従事した村人達には相場の三割増しの日当を支払い、出来上がった善光寺膏は主水の言い値の五割増しで買い取って、八月の初旬に善光寺に運び込んだ。

最初のうちは売れ行きはぽつぽつであったが、薬効が口伝えに広まったのであろう、一ヶ月が過ぎる頃から求める客が目立って増え、十月の末には三百箱が早くも完売となった。

大日坊は早速信豊に一書を送り、善光寺膏が完売したこと、ついては代金を支払うので馬を曳いて引き取りに来るようにと申し送った。善光寺膏は一箱百文が販価の取り決めだったから売上高はしめて三万貫、善光寺側の口銭九千貫を差し引いた石堂家の取り分は二万一千貫であった。

善光寺膏は随分と高価なようだが、それはその容器の桐箱が内寸で縦五寸、横三寸、深さ一寸で、油紙を敷き詰めた上にびっしりと詰めた膏薬の量が二百匁(もんめ)（七百五十グラム）を超えていたことによる。金瘡はどうしても治癒に時間を要するので、一つの刀傷当たりの使用量が多くなることへの配慮なのだ。

それに善光寺膏は二年を過ぎると香油が気化して硬くなり使用に堪えなくなってしまうが、逆に言えば二年に一度買い換えれば済むわけで、その薬効からすれば決して高くはなかった。

大日坊が、

「馬を曳いてくるように」

と申し送ったのには、それなりの理由があった。当時は我が国の鋳造技術がもっとも衰えた時代で、通貨を自国で製造することができなかった。そこで足利幕府は対明貿易の代金を明銭で受け取り、これを国内に流通させていた。

これによって都市部や街道筋では貨幣経済が起こりつつあったが、そこにも大きな問題があった。明銭はすべて一文として扱われたが、少し大きな取引になれば数千文、数万文になる例は珍しくないのに、それを決済する通貨は一文銭しかないのである。

そこで大きな取引には金銀が使われることもあったが、この当時は全国共通の小判のような通貨がなく、金銀は地金としての扱いを受けていた。つまり重量を量って銭に換算するのだが、当然のことながら金銀に混ぜ物をして目方を増やす悪徳の者が後を絶たない。

そこで考え出されたのが、明銭の中央に四角い穴が開いているのを利用して千枚に和紙を捩(よ)ったこよりを通して縛り上げ、これを一貫と称して流通させることであった。

善光寺側の支払いもこの一貫を二十一個引き渡すことで行われるが、二十一貫ともなれば到底一人の人間が背負って運べる重量ではない。馬を曳いてくるようにというのは、善光寺側の親切心から出た忠告であった。

信豊は小者に馬を曳かせて善光寺へ行き、授与品所の座敷で大日坊と面会した。大日坊は二十一貫を信豊の前に積み上げてから、にこやかな表情で言った。

「三ヶ月足らずで三百箱は売り切れてしまいました。それも尻上がりの売れ行きでありましたから、次回の注文は千五百箱としとうございます。お受けいただけましょうか」

信豊は息を呑んだ。今年の三百箱でも、薬草を採取するのにかなりの苦労をした。千五百箱となれば、尋常一様の努力では達成できまい。

しかし頭の回転が速いこの若者は、これが商売の切所だと痛感していた。

（売れることが分かっているのに、その要望に応え切れないというのではみすみす莫大な利益を取り逃がすことになる。何としてでも、この好機を逸してはなるまい）

信豊は石堂村に帰って、斉間主水と対面した。

「千五百箱でございますか」

そう言ったまま絶句する主水に、信豊は穏やかに語り掛けた。

「むろん、今のやり方では千五百箱は無理であろう。そこで私は道中で様々に思案して参ったのだが、奥山に薬草を栽培する薬草園を設けてはいかがであろうか」

三種の薬草が同じ環境で育つのであれば一ヶ所に纏められて好都合だが、それが無理ならば薬草ごとに薬草園を設けてもよい。山中を広く巡り歩いて薬草を探し求める現在の方法に比べれば、効率は数十倍、いや数百倍に達するであろう。

「成る程、それならばできぬ相談ではありませぬな」

「ならば、早急に場所の選定に掛かってくれ。薬草の栽培の時期、方法についてはそちに任せるが、何としても来年の土用には間に合わせねばならぬ」

「薬草園が年内に出来上がっておれば、来年春に薬草が芽吹いた時に採取して移植すれば充分に間に合いましょう」

「分かった。すべては主水に任せる。人手が要る時は、いつでも言ってきてくれ」

この信豊の方策は見事に実を結んで、翌年の八月には馬六頭が二往復して約束通り千五百箱の善光寺膏を善光寺に運び込むことができた。驚くべきことに、これもまたその翌年五月には売り切れとなった。その年の善光寺からの注文は、二千箱であった。

数年後には善光寺膏の製造は、石堂村挙げての土用の年中行事となった。薬草園の管理は斉間家が総出で行うが、薬草を山から運ぶのは村の男衆の仕事、斉間宅の裏の櫟(くぬぎ)林に縄を張り巡らしてその薬草を掛け、乾燥させるのは女衆の仕事であった。

土用の頃は農閑期で人手が余っているから、みんな喜んで募集に応じて作業に従事していた。

その数年後、石堂家は村上家に臣従することになるのだが、その際、信豊は村上政清に一つの許可を請うた。それは、村上家の勢力範囲の武士階級に石堂膏を頒布(はんぷ)することであった。

つまり善光寺を通じての販売とは別に、石堂家独自の販路を持つことが得策と考えたのである。善光寺としても販路を独占したいという思いはあったであろうが、石堂家が村上家へ臣従した以上は、村上家の家中からの求めに応じて石堂膏を売ることまでは規制することはできなかった。

信豊は村上家に仕えることが決まってからは、すぐに坂木に役宅を構えた。役宅といっても村上家で用意してくれるわけではなく、割り当てられた土地に石堂家が自費で屋敷を建てるのだが。

その役宅の裏門を入ったところに小屋があり、そこが石堂膏の販売所であった。善光寺膏は桐の箱に入っているが、石堂膏は従来通り木の椀に盛られている。桐の箱は指物師(さしものし)（木材を使用して箱、机、簞笥(たんす)、火鉢などを作る家具職人）の分担なので高価だが、木の椀なら石堂村在住の木地師(きじし)（轆轤(ろくろ)などを用いて木材から盆、鉢、椀などの日用器物を作る職人）が作ってくれるのでずっと安価だった。もちろん、内容の分量にはまったく違いがない。

しかも販価は善光寺膏の百文に対して八十文と安価なので好評であったうえに、善光寺の口銭が三十文であることを思えば、八十文で売っても石堂家の手取りは十文多い。つまりは直売は売る側、買う側の双方にとって幸せな取引なのである。

信豊は、いくさの度に使用人に馬を曳かせて大量の石堂膏とさらしを戦場に運び込むのが常であった。そしていくさが終わったあとの戦場を巡り歩かせ、金瘡を負った負傷者を見掛けると無償で手当てをさせた。

それがいずれは石堂膏の拡販に繋がるという打算が先に立つのではなく、

(怪我をすれば誰でも痛いに決まっている。我が家に特効薬があるのだから、一日も早く治してやろうではないか)

という思いから出た行為と誰の目にも映るのが、信豊の懐の深い人柄であった。そのために村上家の家中にあっても、石堂家は誰からも好意を持って迎えられていた。

これは後の話であるが、政清から政国(まさくに)、顕国と代を重ねるにつれて村上家の勢力圏は北信濃、東信濃へと飛躍的に拡大していき、それはそっくりそのまま石堂膏の拡販に繋がっていった。

＊　＊

そうこうするうちに、一徹と朝日の二人は斉間宅に到着した。小さいながらも門を構え、四十坪ほどの本屋の他に添屋、蔵屋まで備えた豪農の屋敷であった。

二人の到着を知った斉間家の当主・八兵衛は、小走りに駆け寄ってきた。

「これはこれは、ようこそのお運びで。お殿様、奥方様、もう作業はたけなわでございますよ」

八兵衛は二人を裏庭に案内した。そこには広い櫟林があり、二十人近い村の女衆が木陰に張り巡らした縄に薬草を掛けているところであった。どうやら男衆が山奥の薬草園から薬草を運んでくるのを、女衆が陰干しにしているらしかった。

朝日はその量の多さに驚くばかりであったが、その思いが表情に出ていたらしく、八兵衛は笑って言った。

「これでまだ千箱分でございますよ。この五倍は薬草を山から運んで来なければなりませぬ」

女衆は八兵衛の言葉で二人に気がつくと頭に被った手拭いを取って頭を下げたが、その表情はいかにも親しげで、石堂家がいかに領民達に慕われているかを物語ってあまりあった。それは石堂家の歴代の当主達が領内の統治にどんなに心を砕いてきたかという証であり、今や当主の妻となった朝日は自分の肩にどっしりと重い荷物を負わされた思いがした。

そこへ石堂龍紀が三人の家臣を連れて姿を見せた。去年までは石堂膏の製造に関する事務は長男の輝久の担当であったが、家督相続に伴い輝久は村上家の勘定奉行に就任したため坂木の役宅に滞在することが多く、石堂家の内政は龍紀の隠居仕事となっていた。

もっとも龍紀はまだ四十五歳であったから、隠居しているつもりは毛頭なく、一徹がいくさに専念できるように全力で後方支援をする覚悟であった。輝久の勘定奉行にしても、失敗が許されないお役目だけに、しばらくは後見役として目を光らせなければなるまい。

家臣達は働いている女衆の顔を見ては、手元の帳面に記載されている名前と照合していく。日当を払う担当者としては、万が一にも間違いがあってはならぬと緊張しているのであろう。

龍紀はいかにも春風駘蕩（しゅんぷうたいとう）とした穏やかな風貌で、事実他人にも極めて寛容な人柄であったが、仕事に対してはまことに厳しく、勘定奉行の頃は龍紀が役宅にいるかどうかは勘定方の役人の顔つきを見れば分かるとまで言われていた。

（豊かな家庭に育ちながら、輝久様も一徹様も自分の仕事にはまったく手を抜かないのは、このお父上の薫陶（くんとう）を正しく受け継いでいるからでありましょう）

朝日は今の生活の豊かさに甘えてはならぬと、身が引き締まる思いであった。

やがて村の男衆が三十人ばかり、背負い籠に溢れるばかりの薬草を運んできた。これが朝から二回目ということなので、あと三回は奥山の薬草園まで往復しなければならない。

そこへ十人ほどの女衆が大鍋と大皿に盛った握り飯、漬物などを運んできた。斉間家の台所を借りて昼餉を用意していたのであろう。その量と質から見て、龍紀が家臣に命じて材料を支給したのに違いあるまい。

家臣達が手早く用意した敷物の上に座って、領主、領民が円座を組んでの食事が始まった。配られた椀の中身を見て、村人達は歓声を上げた。石堂家の郎党達とまったく変わらない昼餉なのだから、村人達からみれば年に一度のご馳走なのである。

村人達と分け隔てなく言葉を交わしている龍紀や一徹を横目で見ながら、朝日は意識してせっせと箸を動かしていた。

「奥方様は、よう召し上がりますのう」

村人の一人が、朝日の食べっぷりに感嘆の声を送ってきた。朝日はその声の主に華やかな笑顔を向けて言った。

「一徹様からは、人の二倍食べて三倍働けと言われております。けれど二倍食べるのは簡単ですが、三倍働くのは楽ではありませんね」

三

その晩夕餉を済ませた一徹は、書見台に分厚い本を広げて読み始めた。

「何のご本でございますか」

「三体詩だ。唐の時代の詩を編纂した詩集さ」

「唐の詩がお好きなのですか」

「好きだな。和歌もよいがどうも情緒纏綿とし過ぎていて、べたべたと肌に張りつくようなところがある。その点、唐詩には情景描写にも悲憤慷慨にも男性的気概が溢れていて、まことに心地よい」

「たとえばどのようなものでございましょうか」

「数ある唐詩の中から一つを選べというのは至難の業だが、あえて選べば王翰の『涼州詞』であろうな」

「それは、どんな詩でございますか」

「唐の国というのは、この信濃にいては想像もつかないほどに広大な領地を持っていたが、涼州というのはその中でももっとも西の外れだ。そのさらに西側は西域と呼ばれ、草一本、木一本も生えぬ砂原が何千里、何万里と広がっているという。しかしその砂原にも細い一筋の道が通じていて、遥か彼方の波斯(ペルシア)の国から珍宝貴材が隊商の手で運ばれてくる。むろん唐からも絹や紙や唐三彩と称する陶器といった特産品が、波斯まで流れていくと古書に書かれている。従って唐の国では、この道を『絹の道』と呼んでいたそうだ。

その西域でも、しばしば唐に対する反乱が起きる。それを平定するために兵が招集されるが、その兵士の立場で詠まれたのが『涼州詞』だ」

「朗詠してくださいませ」

「笑うなよ」

一徹はそう断ってから、声を張って朗詠し始めた。朝日は笑うどころではなかった。一徹には巨大な体軀にふさわしい声量があり、意味はよく分からないながらも思わず居住まいを正さずにはいられない迫力があった。

葡萄(ぶどう)の美酒夜光の杯
飲まんと欲すれば琵琶(びわ)馬上に催(もよお)す
酔うて砂場に臥(ふ)すも君笑うなかれ
古来征戦幾人か回(かえ)る

朝日は惚れ惚れとする思いで、朗詠の余韻に浸っていた。

「お見事でございますね。それでその詩の意味を教えてくださいませ」

「葡萄の美酒とは、波斯渡来の葡萄から作る酒だ。葡萄の色、つまり血のような赤い色をしている。夜光の杯とは二説あって、一つは白い玉の杯、一つは珪砂を高温に熱して作る杯（ガラスの杯）だという。玉は白玉、翡翠、黄玉などの総称で、以前から彼の地では大変に珍重されたものだから、これが夜光の杯であっても何の不思議もない。だが私としては、夜光の杯は秦の時代以前からずっと珍重されてきた玉よりも、波斯伝来の珪砂の杯だという説を採りたい」

一徹は遥かな異国を思って、遠くを見る目になった。

「波斯伝来の杯は正倉院の御物にもあるというから、それが涼州になければむしろおかしいくらいだ。波斯伝来の酒をこれも波斯伝来の杯で飲む、それこそが当時もてはやされた異国趣味であろうよ。この詩の大意は、こんなところであろうかな。

夜光の杯に葡萄酒をなみなみと注いで今まさに飲まんとした時、誰かが馬上で琵琶をかき鳴らし始めた。私が酔っ払ってこの砂漠で寝てしまっても、君よ、笑ってくれるな。昔から反乱平定のためにあまたの兵士が出征していったが、そのうちの何人が無事に帰ってこられたというのだ」

「悲愁の思いがこもったいい詩でございますね。一徹様でも、いくさに出向く時はそうした感傷に浸るものでございますか」

「私は幸いなことにまだ一人の郎党も失ったことはないが、それでもいくさの度に親しくしていた者が何人かは鬼籍に入る。石堂村から連れて行った百姓達も、すでにいくたりかは死なせている。そうした場面に遭遇すると、ふっと涼州詞の二十八文字が頭に浮かんできてならぬ」

「いやでございますよ。私にとって、一徹様は不死身の荒武者なのですから」

「私とて不死身ではない。現に初陣から五年の間に、浅手ながら顔や体に五、六ヶ所の傷を負うておる。ただこうして朝日を娶った以上、必ず生きて戻ってくるつもりではいるが」

「父がいくさに出て行くのを見送る時、手柄など立てなくていいから無事に帰ってくるようにと祈ったものでございます。一徹様は武芸の腕は父とは段違いではありましょうが、敵方としては高名な一徹様を討って手柄としたい者も多うございましょう。一徹様は掛け替えのない石堂家のお宝、どうか御身を大切にしてくださいませ」

「それは六蔵にいつも言われておる。命を捨てて戦うのは家来の役目、生きて帰るのが大将の役目だと。家来には代わりがあるが、大将の代わりはない。たとえ負けても、命さえあれば次のいくさで勝つこともできる。だが死んでしまってはその機会もないと。

幸いなことに、私はまだ戦場にあって死を覚悟しなければならないほど緊迫した場面にぶつかったことはないが」

絶えず戦場に身を置きながら、五年もの間に一度も死に直面したことがないという武士はまれであろう。

(一徹様はそれだけ武芸にもいくさの駆け引きにも格段の余裕があるのだ)

朝日はほっと胸を撫で下ろす思いであった。

「それにしても、一徹様は大変な読書量でございますね。それも唐詩とか漢籍が多いようにお見受けいたします。いつ頃からそうした教育をお受けになったのでございますか」

無学文盲の武士が珍しくない戦国の世である。一徹のように和漢の文字を自由に読みこなし、和歌にも唐詩にも造詣が深いという教養は珍重すべき存在であろう。

「七歳の時から、父に『四書』『五経』の手ほどきを受けて、十二歳の頃にはその全文を暗唱できるまでになった。その後は独学で『孫子』、『呉子』のような兵書、『史記』を初めとする歴代の史書、三体詩などを読みふけったものだ」

「独学でございますか」

朝日が感嘆してそう言うのを、一徹はさりげなく受け流した。

「なに、漢籍については先哲が苦労して残してくれた辞書や注釈が揃っている。基礎さえできていれば、本人のやる気次第でどうとでもなるのさ。それに、『史記』の列伝などはまことに名文でしかも含蓄が深く、何度読み返してもその度に強い感銘を受ける」

「それは、どのような書物でございますか」

「『史記』は千年以上前に司馬遷が書き下ろした史書だが、列伝とは歴史上の人物についての評伝だ。生前は清貧を貫きながらその節義の堅さで千載に美名を残している者もいれば、現世では栄耀栄華を極めながら、その極悪非道ぶりに今の世まで悪名高い者もいる。これを読めば、人は目先の利得ではなく千年の後の評価を恐れて行動すべきだということが、痛いほどに分かる」

一徹の言葉には、いつになく熱がこもっていた。

「それは、一徹様の処世訓でありますか」

「先程の王翰の詩にしても、本国はおろか漢字を解するすべての民族の間で、その評価は永遠のものであろうよ。人の命には限りがあるが、その人の生き方、成し遂げたことは永久の命を持つ。願わくば、我らも千年の後の人にも感銘を与えるような生涯を送りたいものだな」

一徹は、史書に登場する人物の中で張良と諸葛孔明がもっとも気に入っている。

張良は、それまで項羽に百戦百敗していた劉邦を補佐して項羽を打ち破り、劉邦を

前漢の初代皇帝に就かせた名参謀である。その業績は、
『はかりごとを帷幕（本陣）の中に巡らし、千里の外に勝利を決した』
と評されている。

諸葛孔明は流浪の武将、劉備に仕えて蜀の国を立ち上げ、中国の歴史に魏、呉、蜀の三国時代を出現させた名宰相である。

この二人に共通しているのは、恩賞や立身出世を求める気持ちがなく、自分の才能を存分に発揮して壮大な夢を実現することにこそ、生き甲斐を感じていたことであろう。

（自分には、この二人に通じるところがある）

と一徹は思っていた。

新参の身である以上、石堂家はどんなに功績を挙げても村上家の中では武官の最高位である副将にはなれず、所領も譜代の臣を凌ぐことはできまい。だが幸いなことに裕福な家に生まれて何一つ不自由なく育った一徹には、物欲も出世欲もまことに薄い。

（自分には、譜代の臣の誰にも負けぬ軍才がある。この才能をあますところなく花開かせたい）

という思いが、一徹の魂をふつふつと沸き上がらせていた。

（今の俺の望みは、縦横に策略を巡らして殿を信濃の国主にのし上げることだ。俺が

求める恩賞とは、地位でも領地でもなく、稀代の名軍師という千年の後の評価なのだ）

「朝日も気がついているであろうが、この石堂村は北にも南にも低い丘陵が走って視界を遮り、南北五里ほどの大地を天が覆っているだけでまことに天地が狭い。こういうところで生まれ育っては、どうしても気宇広大な精神は育たないのではあるまいか。その点俺は、幼少の頃から漢籍に親しんだことで、この世にはこの地にいては想像もつかぬほどの茫漠とした天地があり、それを舞台にあまたの英雄豪傑が壮大な歴史を作り上げてきたことを、ごく身近に感じながら成長してきた。小成に甘んじてはならぬ、それを知っただけでもまことに幸せであろうな」

（一徹様というお方には、他の誰とも違う深い精神世界がある）

朝日は目を見張る思いで、目の前に座るこの巨大な夫に改めて深い敬愛の念を覚えていた。

この年の十月、村上義清は大老の室賀光氏の娘を、同じく大老の屋代政重の嫡子、政国に嫁がせた。それもいったん娘を自分の養女にして、箔をつけた上での嫁入りであった。この二大重臣同士の通婚は、義清を頂点とする譜代の結束をいやがうえにも高める目的であるのは、言うまでもなかった。

第四章　天文四年　初夏

一

「毎度毎度、難儀なことだな。たまには、このあたりを甲冑を身につけずに馬を歩ませてみたいものだ」

村上義清は北国街道と東山道が合する追分を過ぎて東に馬を進めながら、隣を行く大兵（だいひょう）の屋代政重にぼやいた。梅雨も上がって、六月の爽やかな風が頬を撫でて通り過ぎた。

広々と視界が開けた佐久平から僅かに南に外れただけで、道の両側から緑濃い丘陵が迫って馬上でもむっとするような草いきれが身辺を包んだ。

「まったくでございますな。どうして佐久郡だけは毎年のようにいくさが起るのでありましょうか」

北信濃はもちろん東信濃でも小県郡は統治に特に問題はないのだが、佐久郡だけは反乱が絶えない難治の土地であった。

それは村上顕国、義清二代にわたって土着の大井氏、滋野一族を平定する過程で、ある者は東に逃れて上野で勢力を養い、また一度は村上家に臣従した地侍達も村上家の過酷な扱いに耐えられず、旧主の誘いに容易に乗ってしまうからであった。

加えて上野の平井城（現・群馬県藤岡市に所在）に拠る関東管領、上杉憲実も、北関東では勢力を広げようとする北条氏に押され気味であり、さらに越後では長尾為景の台頭にあって戦況は不利とあって、佐久郡に活路を求めようとしていた。

また甲斐を統一した武田は諏訪氏を攻略しようとして失敗し、あらたな領地を求めて佐久郡へ矛先を向ける動きを見せていた。甲斐は二十三万石、村上領は北信濃四郡に東信濃二郡の一部を加えて二十万石弱。もし武田の佐久進出が本格化すれば、これこそが最大の難敵となるに違いない。

それやこれやで、佐久郡では毎年のようにあちこちで反旗が翻って、義清はその平定に追われていた。そして今回は花里城（現・北佐久郡軽井沢町追分に所在）に拠って兵を挙げた花里玄蕃を討つために、四千の兵を率いて山間の道を進軍しているところであった。

「あれは、西城でござりましょうか」

しばらく行った所で、屋代政重が左手の空を振り仰いでそう言った。そこには岩盤が露出した小山の上に小さな城砦があり、盛んに狼煙(のろし)が上がっていた。

「城とも言えぬほどの小城だな。あれは我らの動きを見張る狼煙台であろうよ」

「念のために、多少の兵を抑えに残しますか」

「いや、あの規模では兵を入れても二百がせいぜいであろう。四千の我らを見ては、追撃する勇気はあるまい。本城の花里城さえ落としてしまえば、あんな支城(えだじろ)は自然に立ち枯れるであろうよ」

義清は西城には目もくれずに、一路東に向かって進んだ。二十町(約二千二百メートル)ほど行くとやがて左に村落が広がり、小山の上に建つ花里城が見えてきた。この村落の中に花里氏の居館があり、花里城はその詰めの城なのであろう。

当然攻城戦を覚悟してきたのに、意外にも花里玄蕃は城の麓の緑濃い草原に陣を敷いて待ち構えていた。その勢はざっと二千といったところか。

村上義清は、これを見てほくそ笑んだ。先頭に立って突撃するのが得意な義清にとって野戦は望むところであり、しかも戦力は四千対二千と遥かに優位とあっては、ただ平押しに押すだけで勝利は確実であろう。

それでも念のために井上清忠(いのうえきよただ)の三百を後詰に残して、副将の室賀光氏を右翼に、同じく副将の屋代政重を左翼として展開させた。たちまち両軍の弓衆の間に矢が飛び交い、合戦が始まった。

弓衆、槍衆の戦いはいずれも村上方の優勢のうちに推移し、いよいよ主力同士の激突の時が来た。村上義清は身震いをしながら全軍に突撃を命じ、自身が先頭に出て敵の騎馬武者と槍を合わせた。いくさは右翼、本陣、左翼ともに村上方が圧倒しており、このまま押していけば勝利は確実と思われた。

ところがその時、後方に異変が起きた。

後詰の井上勢の背後から、突然敵の伏兵が急襲してきた。前方にばかり注目していた井上勢が不意をつかれて浮き足立つところを、敵軍は先頭の騎馬武者の下知(げち)に従って鋭く槍を突き立てた。それも相手の首を取ろうとはせずにすべて突き捨てで、井上勢の被害を最大にするのが目的の戦法であった。

僅か二百ほどの敵勢であったが、その統率の取れた戦いぶりに井上勢は態勢を立て直す暇もなく押しまくられた。しかもこの動きに呼応するように花里城の門が開いて、花里勢の後詰が繰り出してきた。

押され気味だった花里勢の本隊も、一気に元気づいて攻勢に転じた。

村上義清は、事態の急転に困惑するばかりだった。

(背後の状況はよく分からぬが、こうして花里玄蕃が自ら野戦を選んだからには、背後の伏兵は相当の人数なのに違いあるまい)

こうして背腹に敵を受ける形になってしまえば、味方の勝利は覚束ない。

（残念ながらここはいったん兵を収めて、再度の決戦を挑む他はあるまい）

村上義清は退き鉦を撃たせると同時に室賀光氏に使番をたてて、石堂一徹に殿を命ずるように申し送った。こうした混乱した場面では、余程にいくさ慣れした武将でなければ、味方の被害を最小限に食い止めつつ撤退することはできない。

十町ほど退いて花里勢の追い足が止まったのを確認してから、村上義清はようやく全軍を集結させた。石堂一徹も無事に役目を済ませて、すぐにその巨軀を義清の前に現した。

井上清忠からいくさの状況を聞いてみると、背後の敵は僅か二百名ほどの小勢で、村上勢が後退するのを見るとさっと西に向かって姿を消したという。そして先頭の騎馬武者は森角忠長（もりかどただなが）と名乗ったと、清忠は付け加えた。

「その森角とやらが西に向かったとすると、途中で見かけた西城から出撃してきたのではありますまいか」

石堂一徹の言葉に、村上義清は忌々しげに頷いた。

恐らくは森角忠長は花里勢の中でもきってのいくさ上手で、村上勢の後方を攪乱（かくらん）する危険な任務を引き受けているのであろう。

「西城に抑えを置いて出撃を食い止めなければ、安心して花里城の攻略はできぬ。井上殿は、西城を固めてくだされ。ただし、西城を攻めてはなりませぬぞ。ただ堅い守りを敷き、森角忠長を城から出さないだけで充分でござる」

井上家は北信濃の高井郡井上郷（現・須坂市）を本拠とする大豪族で、村上家とは同盟を結んではいるが、あくまでも客将であって家臣ではない。義清が井上清忠の今日の失態を叱りつけることもせず、丁寧な言葉遣いをしているのはそのためだ。

三十代の半ばという働き盛りの年齢でありながら、日頃から血色の悪い井上清忠は今日の敗戦を招いた責任を感じてうつむきつつ、義清の指示に従って西に去った。

「まったく、あいつもだらしがない。三百の兵力がありながら、二百の敵に追いまくられて何とする」

思いもかけぬ苦戦に舌打ちしている村上義清に、一徹が落ち着いた声で話し出した。

「今日のところは、見事に花里玄蕃の術中に嵌まってしまいましたな。玄蕃といい森角忠長といい、なかなかのいくさ巧者でござる。明日はこちらにも何らかの策が必要でござりましょう」

「それよ。何かいい策はないか」

村上は早速主だった武将達を呼び集めて、軍議を開いた。

井上清忠は西城の五町ばかり手前で馬を止め、二人の重臣を連れて敵城の視察に出かけた。

城は露出している岩盤の上に建っているが、ほんの小城なのに見れば見るほど攻め口がない堅固な構えをしていた。

城が乗っている岩盤は南も北もかなりの急斜面で、その二つの斜面がぶつかるところが比較的緩やかな尾根となって東へ走っている。その尾根を粗く削った一間ほどの幅の道が一筋に延びていて、登り詰めたところに小さな城門があった。

（南北の斜面は重い甲冑をつけた武者が登るのは、相当に困難であろう。草の根や灌木を摑んで這い上がるにしても、尾根から巨石を投げ下ろされたりすればひとたまりもあるまい）

念のために西側に回ってみたが、こちらは文字通りの断崖絶壁でしかも高さは六丈（約十八メートル）にも達すると思われた。とても人間が登れるような代物ではない。

すると攻め口は尾根につけられた道しかないが、一間の幅では二人が並んで進むのがせいぜいで、それも城門に近づけば城門の上や両側の矢狭間から狙い撃ちにされるのが落ちであろう。

（今日の敗戦の恥をそそぐために、あわよくばこの城を落として手柄を立てよう）

そう意気込んでいた井上清忠も、この状況を見てあっさりと矛を収めた。ここは村上義清の命令に従い、森角忠長が城から突出して村上勢の背後を襲うのを阻止するしかあるまい。

そこで尾根筋の手前に二重の警戒線を敷き、日が暮れる時には城門から降りてくる道の大地に接するところから篝火（かがりび）を焚き、一間おきに寝ずの番の哨兵（しょうへい）を並べた。まさにねずみの子一匹這い出る隙もない鉄壁の構えだった。

ところが翌日の夜明け前に、静まり返った周囲の闇から突然寝ずの番の者達に向かって矢が降り注いだ。不意をつかれた哨兵達は、抵抗する暇もなくばたばたと倒れた。

「敵の襲撃でござるぞ」

哨兵がそう叫んだ時には、もうあたりは喚声を上げて殺到する敵兵で溢れていた。井上勢は騒ぎに驚いて飛び起きたが、敵が身辺に迫っていて甲冑を身につける余裕もなかった。やむなく槍や大刀だけを手にして戦ったものの、甲冑を纏った敵と素肌の井上勢では勝負にならない。

森角勢は思う存分荒らしまわってから、さっと兵を引いて稜線の道を辿って城に退き上げた。

井上勢の被害は甚大なものであった。死者三十名、負傷者五十名で、昨日の敗戦と合わせると死傷者の数は百を超えていた。それを知った井上清忠は唇を噛んだが、それにしても不思議なのはどこから森角勢がやってきたのかということであった。

(寝ずの番の哨兵は城から下ってくる道を一晩中ずっと見張っていたのだから、こちらからではないのは確実だろう)

だがそれでは、重い甲冑を纏った敵は、一体どこから城外に出てきたのか。

二

前日の軍議の決定に従いいくさを始めようとしていた村上義清のところに、井上清忠自身がやってきて今朝の襲撃に関する報告をした。連日の敗戦に、義清は顔を紅潮させて激怒した。

「敵が城外に突出するのを防ぐのが、井上殿の役目ではないか。あんな小城一つ見張れないとは、武門の恥であるぞ」

義清は口汚くののしってから、ようやく気を静めて使番に命じて石堂一徹を呼びつけた。すぐに二人の郎党を引き連れた一徹が、その巨体を義清の前に運んできた。

「また井上勢が森角忠長に襲撃されたぞ。一徹はすぐに西城に出向いて、片を付けてこい」

一徹は井上清忠のばつの悪そうな表情を眺めやって、励ますように頷いた。

「まずは、井上殿のお供をして西城に参りましょう。現地を見た上で、今朝のいくさの状況をお聞かせ願いとう存ずる」

一徹はとりあえず鈴村六蔵と十人の郎党達だけを連れて、井上清忠と馬を並べて西に向かった。

「それで、今の井上勢の構えはいかがでござる」

「まずは村上殿の指図を仰ぐのが第一と存じ、固く陣を守って動いておりませぬ」

「それでよろしゅうございましょう。現地を見てから、何か策がないものか考えてみとうござる」

西城に着いてすぐに、井上清忠は自身で案内して前夜の哨戒の状況を説明した。兵員の配置、篝火の位置と数のいずれもが城門からの敵の進出に対しては充分なもので、どこにも手落ちは見当たらなかった。

（この警戒態勢を尻目に奇襲に成功するあたりを見ると、森角忠長のいくさ巧者ぶりには際立ったものがあるな）

「それで、井上殿は今後はどのようにこの城を攻略するおつもりでありましょうか」

「見た通り至って堅固な城ではあるが、一つだけ弱点がござる。それは岩盤の上に建っているだけに、よもや水の手はありますまい。じっと周囲を固めていれば、やがては飲み水に窮して降伏してくるのでありますまいか」

「いかにも」

一徹は頷いたが、ここでは水攻めなどという悠長な策は取れなかった。この城にこもる以上は当然充分な水を事前に運び込んでいるはずで、十日や半月は楽に持ちこたえられるに違いない。

(短気で即戦即決を旨とする殿が、そんなのんびりとした戦略を認めるわけもあるまい)

「それでは、それがしはそれがしなりに策を考えてみとうござる。しばしの猶予をくだされ」

一徹はそう言って井上清忠と別れてから、与えられた陣所に戻って駒村長治を呼んだ。

「今朝の森角忠長の襲撃だが、どこから城を抜け出たと思う。城門からの道の警備には手落ちはなく、こちらから押し出してきたとは思えぬ。かといって固い岩盤の上に建っている以上、まさか城内から城外に出る抜け道はあるまい。

それでは、門から出てすぐに南北の斜面を下ったか。だが井上勢の警備の目を逃れるためには、松明(たいまつ)をともすわけにもいかぬ。月もない未明の暗さのなかで、二百人近い軍勢があの斜面を物音一つ立てずに下れたとは考えにくい」

一徹は長治の顔を見詰めて、声を潜めた。

「となれば、方法はたった一つだ。西側の絶壁に城内から縄梯子をいくつも投げ下ろして、それを降りたのよ。いくさ上手の森角忠長が考えそうなことだ」

長治は声を上げて感嘆したが、一徹はうれしそうな顔もせずに続けた。

「そこで猿に頼みがある。余人には不可能であろうが、猿の身の軽さをもってすればあの絶壁を登ることも可能かもしれぬ。すぐに木こりか猟師にでも身なりを変え、城内から気づかれぬように森の中を迂回して西側の絶壁の様子を探ってくれ。言うまでもないが、無理をしてはならぬぞ。登れぬと見極めがついた時は、その場から引き返して参るのだ。分かったな」

駒村長治は、頬を高潮させて頷いた。

（選りすぐりの精鋭ぞろいの一徹様の郎党の中でも、この役目が務まるのは自分しかあるまい）

普段の戦闘では他の郎党に守られていることが多いこの少年にとっては、このような晴れ舞台はめったにないことであった。

長治は早速近くの農家に行っていくらかの銭で粗末な衣服を買い取り、陣に戻ってそれに着替えてから布でくるんだ荷物を背負って背後の森へ入った。絶壁に向かう姿が城兵に目撃されては、相手に警戒されて目的を果たすことはできないであろう。

森の中は藪（やぶ）が深く、一刻ばかりも辛い藪漕ぎをした挙句にようやく西側の絶壁に続くすすきの原に出た。長治は目を凝らして城壁の様子をうかがったが、見張り台も矢狭間もなく、この方面からの攻撃にはまったく無警戒と思われた。

長治はすすきの原に身を隠しながら、絶壁の下へ忍び寄った。そして上を見上げて息を呑んだ。絶壁どころか、上部では庇のように岩肌がこちら側に張り出しているのである。

(素手であの庇を越えていくことなど、いくら身の軽い俺でも到底できることではあるまい)

絶壁を睨んでいた長治は、その岩壁が長い間風雨にさらされ続けたことで風化が進み、あちこちに小さな突起や窪みがあることに気がついた。

(普段から崖や岩壁を攀じる訓練を重ねている自分ならば、庇の下までは何とか登っていけるだろう。とりあえずはそこまで行き、状況を確認してから最終の判断をすればよいではないか)

駒村長治はくるくると着ている物を脱ぎ捨て、下帯一つになった。帯や袖が突起に引っ掛かれば、均衡を失って転落してしまう恐れが充分にある。

長治は持参の荷物を背負って、絶壁を登り始めた。もちろん素足である。素肌でじかに岩の感触を味わっていなければ、足を踏み滑らす危険が常にあるのだ。

小さな手掛かりを頼りに、時間を掛けて慎重に登った。そしてついに庇の下にまで辿り着いた。

駒村長治は目を大きく見開いて、頭上の庇状の岩肌を眺めやった。地上からは見えなかったが、庇には斜めに走る小さな亀裂がある。少年はゆっくりと横に移動してその亀裂の下に立った。手を伸ばしてみると、その亀裂には指を入れるのに充分な幅があった。

長治はためらうことなく、この亀裂に自分の運命を懸ける決意を固めた。

三

駒村長治は石堂村に隣接する五加村在住の郎党・駒村一角（いっかく）の次男として生まれた。幼名を次郎（じろう）といい、当然兄の義貞（よしさだ）と同じく二百石の武士である根石数正（ねいしかずまさ）の郎党として身を立てたいと思っていたが、いかんせん生まれついての小柄で非力とあっては武芸には不向きで、父の一角は早くから見切りをつけ、十五歳の春までには自分で身の振り方を考えろと申し渡していた。

しかし次郎本人は、郎党は無理でも小者でもいいから武家奉公を望んでいた。兄が馬の世話をおおせつかっているのをいいことに、十歳を超えた頃から兄の後をついて廏に入り浸った。

根石数正の乗馬は二頭いる。数正が使用しない日には、誰かがその二頭を運動させなければならない。一人で二頭の馬に乗ることはできないから、義貞は次郎が騎乗することを黙認していた。

次郎は並外れて身が軽く動きが俊敏であったので、一度も落馬することもなくたちまち馬を御する術を身につけた。半年もたたないうちに、軽量のこの少年が馬を走らせると雲の上を駆けていくような見事な騎乗ぶりで、義貞はその速さにとてものことについていくことができなかった。

次郎はこのことで自信をつけた。

（誰かこの騎乗のうまさと身の軽さを、買ってくれる武将はいないだろうか）

そして少年は、ためらうことなく隣村の石堂一徹に的を絞った。一徹はこの村にもよく遠乗りで姿を見せていたから、次郎は早くからあの巨漢を憧れの眼で眺めていた。あれほどの巨軀でしかも敏捷な身のこなしを見れば、幾多の華々しい武勲もいかにも当然のこととしか思えなかった。

武家奉公をするならば、将来の出世が間違いない武将を選ばなければなるまい。

（あのお方の身辺にお仕えしたい）

次郎は胸が痛くなるほどにそう思った。少年ももう十四歳であり、今年のうちに自分の進むべき道を見つけておかなければならないのである。

秋も長けたある日、一徹とその郎党達が例によって遠乗りをしてきて千曲川の川原で休息しているのを見掛けた次郎は、思い切って一徹のもとに走り寄ってひざまずいた。

「石堂様、どうか私を召し抱えてくだされ」

郎党達の中から失笑が洩れた。

（見るからに子供子供した少年に、どうして武勇では並ぶものがない石堂家で武家奉公が勤まるだろうか）

しかし少年の真剣な表情を見て取った一徹は、笑うことなく少年に問うた。

「そなたの名は何と言う」

「根石数正の郎党・駒村一角の次男で次郎と申します。もっとも仲間内では、誰からも猿と呼ばれております」

一徹は首をかしげた。少年は童顔ながら整った顔立ちで、猿とは似ても似つかない美少年だ。

「そなたが、どうして猿なのだ」

少年は、その童顔にぱっと明るい笑いを浮かべた。

「それが知りたければ、どなたかに私を捕まえさせてくださいませ」

「おう」

一徹の指名を待つまでもなく、唐木田善助がさっと立ち上がった。善助は自分の体の動きのよさには絶大な自信を抱いているのだ。

次郎と善助は、五間の距離を置いて向かい合った。興味津々で見詰める観衆の前で、善助は無造作に走り寄った。その瞬間に次郎は二回続けて横転し、さらに二回後転した。目にも止まらぬその身のこなしに呆然としている善助に、素早く静止した少年は晴れやかな微笑を浮かべて言った。

「もう降参でございますか」

「馬鹿を申せ」

両腕を広げて走り寄る善助の寸前ですっと体を沈めた次郎は、その右腕の下をすり抜けた次の瞬間、たたらを踏む善助の背中を両手でどんと突いた。たまらず善助が大地に転げたのを見た一徹は、そこですかさず声を掛けた。

「それまで。ぜんにすら捕まえられぬとなれば、この子供は誰の手にも負えまい。まさに異能の者であるな。成る程、猿とはよく申した」

一徹は微笑を浮かべて、さらに言った。

「他に取柄はあるか」

「兄が根石様の馬の世話係を勤めておりますので、早くから廏に入り浸っております。

馬の扱いにはいささか手馴れております」

「馬に乗れるのか」

「多少は」

言葉では謙遜していたが、少年の小柄な体には自信が溢れていた。一徹は近くの草むらで草を食んでいる白馬を指差した。

「白雪に乗ってみよ」

「あれは名馬でございますな。それではひと乗りさせていただきます」

次郎は恐れる様子もなくその巨馬に歩み寄ると、鐙の革紐に結び目を作って長さを自分の身の丈に合わせてから、ぱっと馬上の人になった。

郎党達の間から、驚きの声が湧いた。

誰もが乗馬の際には鐙に足を掛けて鞍に登るものと決まっているが、この少年は鞍に手を掛けるなりそのまま身を一転させて鞍にまたがり、それから初めて鐙に足を置いた。

次郎は巧みに白雪の手綱を操りつつ、土手の上の道を並足で歩かせてゆく。郎党達は再び嘆声を上げた。

白雪は気性の荒い馬で、一徹以外の者には乗りこなせない悍馬である。

(それがこの童顔の少年の手に掛かると、猫のようにおとなしくなってしまうとは

――）

次郎は一町ばかり下流まで馬を歩かせると、向きを変えて早足になった。膝を曲げ腰を浮かし背中を丸めるという見たこともない騎乗法であったが、気持ちよさそうに四肢を運ぶ白雪の速さには驚くべきものがあった。

「ほう」

一徹は感心した。体重が軽いこともあろうが、少年は上下動を膝で吸収して馬に与える負荷を最小限に抑えていた。これならば、馬もさぞ走りやすいであろう。

「よし、戻ってこい」

一徹の声に手綱を緩めた少年は、すぐに馬首を巡らして一徹のもとに近づいた。そして馬を止めると鞍の前後を掴んで倒立し、前方に一回転半して地上に降り立った。郎党達はその身のこなしの見事さに歓声を上げた。このように自分の体を自在に操れるというのは、それだけで立派な芸であろう。

「猿、気に入ったぞ。だが、いきなり郎党というわけにはいかぬ。とりあえずは廏番ということでよいか」

次郎は狂喜した。「とりあえずは廏番」ということは、今後の働き次第では郎党への取り立ても有り得るということではないか。石堂一徹の郎党となれば、この少年の境遇で望み得る最高の出世である。

「そちは、この村に住んでいると申したな。それでは家まで案内いたせ。駒村殿に、そちを預かる了解を得ねばならぬ」

こうして十五の春を迎えて少年は元服し、名も幼名の次郎から長治と改めた。もっとも周囲の者は、誰もが今まで通りに猿としか呼ばなかったが。

そしてその翌日には石堂村の石堂屋敷に赴いて正式に家臣となり、廏番兼一徹付きの小者として働くことになった。屋敷には龍紀、輝久、一徹の乗馬が換え馬を含めて十頭もいたから、廏といっても長治の実家より大きいほどで仕事は山のようにあった。いつも笑顔でよく働く少年は、郎党達からも女中達からも可愛がられた。それに一徹はまことに仕えやすい主君であった。

廏番は本来ならば郎党達と同席できないが、長治は一徹付きの小者ということで食事も郎党達と一緒に取ることが許されていた。

もっとも石堂家の荒稽古を初めて見た時には、少年は顔面を蒼白にして立ちすくんだ。一徹や鈴村六蔵の武名はとうによく知っていたが、郎党達の一人一人が根石数正の家臣とは段違いの強さで、その手錬（てだれ）の者達が全力でぶつかり合う迫力は想像を絶するものであった。

（この先輩達に混じって郎党になることなど、夢のまた夢ではあるまいか）

そうした長治の気持ちを察したのか、一徹が優しく声を掛けてくれた。

「猿は、あの者達と同じ土俵に上がって争おうと思ってはならぬ。猿には猿にしかできぬ異能の技があるではないか。今はそれを磨け。その異能の技を使う場は、いずれ俺が与えてやる」

長治はその言葉に励まされて、自分の身の軽さを一層磨き上げるために、様々な鍛錬法を考案しては訓練に励んだ。しかし何をするにしても、自分の身を守るだけの武芸は身につけておかなければ戦場には出られまい。

少年は郎党頭の三郎太に、どうしたものかと相談した。三郎太はしばらく考えて、

「槍や太刀ではいくら鍛えたところで、お前の体ではどうしても屈強な武士には立ち向かえぬ。小柄なら、お前に向いているかもしれぬな。小柄を投げて相手を怯ませ、その間に逃げるのだ」

小柄とは刀の鯉口に挿し添える小刀のことで、それを手裏剣のように相手に向かって投げてみてはどうかというのである。小柄にはたいした殺傷力はないが、続けざまに放てば相手の動きを封じる効果はあるであろう。

少年は小柄を十本ほど用意して、庭の銀杏の木に向かって投げてみた。いろいろ試してみた結果、左手に十本の小柄を握り、右手で下手から手首を利かせて投げるのが一番速度がつき、また続けざまに放れるということが分かった。

一月ほどの鍛錬で、器用な長治は三間の距離ならば十本の小柄が僅か直径五寸の円内に収まるまでに腕を上げた。しかも一本の小柄が空中にある間に次の小柄が繰り出される早業で、これを見た三郎太は思わず舌を巻いた。

「その小柄は誰にもかわせぬぞ。それだけの腕があれば、身を守るには充分であろうよ」

少年は晴れやかな笑顔になった。

(自分の身の軽さに加えてこの特技があれば、戦場に出ても何とか自分の命は守れる)

四

長治は西城の岩壁の庇の下に至って、前途を仰いで唇を噛んだ。一徹の郎党の中に加えられて二年、何度か戦場にも出て無事に役目を果たしてきているから、自分の役割に自信を持っていいはずであった。

一徹は面食らうほどに自分を買ってくれていたし、郎党達も長治には誰もが優しかった。

しかし誰にも言えぬことだが、少年にはたった一つの不満があった。郎党達の好意があくまでも可愛い弟分に対するもので、誰も自分を対等な相手と見ているとは思えなかったのだ。

もちろん武芸では郎党の誰にでも到底歯の立つものではなかったが、負けず嫌いの性分としてはまことに無念であった。

(この断崖を登り詰めて西城攻略の道筋をつけることが、自分の郎党としての初めての功名ではあるまいか。他の誰にも登れそうもない絶壁であればこそ、攻略できた時の功績は大きく、郎党達が自分を見る目も違ってくるであろう)

長治はためらわずに目の前の亀裂に左手の指を差し入れて体重を掛け、次いで右手の指を右肩上がりの亀裂に突っ込んだ。そして左手を右手のすぐ近くまで移動した時、庇が張り出しているために両足が岩壁を離れた。

(大丈夫だ。片手の五本の指さえ亀裂を摑んでいれば、全身の体重を支えきれる)

少年は、自分にそう言い聞かせた。

長治はゆっくりと右手を亀裂に沿って斜め上方に動かし、それが限度に達すると、今度は左手を右手に触れるまでに移動させた。慎重にこの動きを繰り返していくことで庇の大部分は登り詰めたはずなのに、あと一歩のところで長治の指は止まった。

亀裂の幅が登るにつれて小さくなってゆき、ついに指を入れることができなくなってしまったのだ。

長治は血走った目を上に向けた。

（やはりそうだ。絶壁の上に城壁の軒先が、僅かに見えるではないか）

その位置関係を判断するに、絶壁の最上部まではあと僅かに二尺を残すのみで、絶壁の縁から三尺ほど後方に下がった場所に城壁が建っているのであろう。

長治は懸命に目の前の岩壁を睨んだ。左手の一尺ほど上には格好の手掛かりとなる岩の窪みがあり、右手に力をこめて体を上に移動すればその窪みに手の指を置くことは容易だと思われた。

問題は、そのあとの一尺をどうするかである。

右手を置くべき突起も窪みも見当たらない。とすれば断崖の縁が丸く磨耗しておらず、指を掛けるだけの角度を保っていると信じるしかない。

長治は瞬時に覚悟を決めた。

（自分のような小柄で非力な者が、石堂家の郎党になること自体が有り得ないまでの幸運ではないか。手を伸ばした先にしっかりとした手掛かりがあると信じてこそ、自分の運が開かれるのだ）

左手を伸ばして目標の窪みに指を入れた。そして次の瞬間、ためらうことなく左手一本の力で体を引き上げ、右手を断崖の縁に差し伸べた。

しっかりとした手ごたえが右手の指先から伝わってきた。

長治はすぐに左手で断崖の縁を摑んだ。両の掌で断崖の縁を摑んでぶら下がり、それから慎重に両肘を曲げていくと、ついに少年の頭が絶壁を越えた。

直感していた通り、絶壁の上には城壁までの間に三尺ほどの平地があった。これは城壁を作る時の足場として必要な広さなのであろう。粗く削られたその平面には、いたる所に手頃な突起があり、それを頼りに慎重に体を上に移動させた。

ついに、長治の全身は平地に仰向けに横たわることができた。

少年の全身からどっと力が抜け、しばらくは身動きもできずに、ただ荒い息を吐くばかりであった。下帯一つの裸で絶壁を攀じ登ってきたのだから、手足や体の前面のいたるところに擦り傷があって血が流れていた。だが長治は少しの苦痛も感じず、ただ歓喜に満ちた深い達成感に身を任せていた。

しばらくそのままの姿勢で息を整えてから、少年はゆっくりと体を起こした。

そこには、一徹の推測通り六本の縄梯子が整然と折りたたまれていた。縄梯子の上端は城壁の庇に固定されているが、縄もその間の竹も黒く塗られているために、黒塗りの城壁の前に掛かっていても遠目にはそれと見分けがつかないのであろう。

現に目のいい長治もここに来るまでは、その存在にまったく気がついていなかった。

少年は壁の際に立って、城内の様子に耳を澄ませた。狭い城内だけに様々な物音はしているが、そのいずれもが遠くからのもので、近くには人の気配はなかった。

長治は縄梯子を登り、城壁の上に頭だけ出して中の様子をうかがった。

（下から見るとまことにちっぽけな城砦だったが、それでも二百人がこもっているだけにその城域は三百坪はあるだろう）

城壁の中には、粗末な建屋が所狭しと並んでいる。

（目の前にあるのは、外に薪が積み上がっているところから見ると、薪炭小屋に違いない）

その右手に三棟並んでいるのは、兵糧蔵だと思われた。蔵とはいっても土塗りの壁ではなく、ただの板壁を巡らしただけで、雨露を凌げればいいという簡便なものである。その奥の空き地には大きな水甕が三十あまりも並んでおり、長期の籠城に対する準備はまず万全であろう。

（あの奥にあるのは、炊事小屋ではあるまいか）

昼餉もとうに済んだ今の時刻では、人の姿はちらほらとしか見当たらない。

左手にあるのは、時折馬のいななきが聞こえることからみて廏であろう。その向こうに並んでいるのは兵舎に違いあるまい。大きさがほとんど同じことから察するに、森角忠長以下の二百名は雑魚寝をしながらこの籠城を続けているものと思われた。

まだ日が高いこの時刻では、城門の守備兵とあちこちの矢狭間に貼り付いている見張りの兵を除けば、ほとんどが兵舎の中で体を休めているのであろう。

しばらくすると、二人の雑兵が大きな鍋の取っ手に棒を通して担ぎながら炊事小屋に入った。すぐにまた姿を見せた二人は、今度は薪炭小屋の軒先から薪を抱えて炊事小屋との往復を始めた。

ほんの数間しか離れていないだけに、その声高な話の内容は長治にもよく聞こえた。その大半は他愛もない馬鹿話であったが、一つだけ聞き逃せない会話があった。それは一人が、

「今晩は早寝ぞ。明日も暗いうちから一働きだからな」

というのに対して、もう一人が、

「あんな面白いいくさはないな。まるで草を刈るようなものだ」

と応じたやり取りであった。

（森角勢は、今朝と同じく明日も夜明け前に絶壁を下って井上勢に奇襲を掛ける腹づもりなのに違いない）

城内の様子もあらかた把握できたことでもあり、あとは少しでも早く一徹のもとに帰って報告をすべきであろう。

長治は城壁の外に立つと、背中の包みを開いた。中からは先に鋭い鉄の鉤（かぎ）のついた長い綱が出てきた。城壁が黒塗りであることを考慮して、出発前に鉤も綱も墨で黒く

塗りつぶしてきた。

綱は細いが、自分の体重を支えるには充分な強度がある。しかも一尺ごとに結び目を作ってあった。それを足の親指と人差し指の間に挟み、滑り降りると表現するのが適切なほどの速さで、長治は大地に降り立った。

素早くさっき脱ぎ捨てた衣服を身に纏うと、長治はすすきの原に身を隠しつつ森まで戻り、来た道を駆けた。

五

長治の帰還を待ちわびていた一徹は、六蔵と十人の郎党とともに耳を澄ませて報告を聞いた。頬を赤く上気させた少年の言葉が進むにつれて、一徹の顔に喜色が満ちた。

「猿、でかした。これでこの城は今日のうちに落ちるぞ」

一徹は叫ぶようにそう言い、郎党達に攻城に必要な資材の調達を命じてから、井上清忠のもとに急いだ。

「井上殿、この城を落とす策が見つかってござる。ついては、井上殿は日が傾く頃から篝火を盛んにし、松明を持った兵を陣中で動かしたり鬨の声を上げたりして、城を攻める気配を示してくだされ。森角勢がその動きに気を奪われている隙をついて、我らは日が落ちてから城内に侵入して、城門を確保し扉を開け放ちます。その機を逸せずに城門に続く坂道を駆け上がれば、井上殿の勝利はもう目前でござるぞ」

今までに何度も一徹とともにいくさの場を踏んでいる井上清忠には、一徹の人間業とも思えぬ知略の凄味は身に染みている。その一徹が提案する以上は、その策に乗らぬ手はあるまい。

さらに細かい打ち合わせを済ませてから、一徹は自分の陣所に戻った。すでに郎党達の手で用意が万端整っており、郎党達は瞳を輝かせて一徹を迎えた。

「まだ少し時刻は早いが、途中で何があるやもしれぬ。腹ごしらえを済ませてからすぐに出立して、絶壁の下までは移動しておこう。猿よ、案内せよ」

長治は勇んで先頭に立ち、雑木林の中に分け入った。一刻あまり熊笹の深い藪に悪戦苦闘したあとに、一徹以下の十三人は夕日を浴びて赤く染まった絶壁の下に立って息を呑んだ。しばらくは誰も呆然として言葉もなかったが、ようやく三郎太が感嘆の声を上げた。

「猿、お前はこの崖を登ったのか」

長治の掛けた綱が絶壁の上から垂れ下がっている以上、疑いの余地があるはずもないのだが、誰が考えても庇が張り出したこの高い崖を登ることなど、人間にできることとは思われなかった。

一徹ですら、事前にこの絶壁の状況を知っていたとしたら、あまりにも危険に満ちたこの使命を長治に命じることはできなかったであろう。

何しろ絶壁の高さは六丈もあり、しかも綱の下端は崖の根元から三尺も離れていて、その分だけ庇が頭上に張り出しているのだ。

長治は皆の賞賛が躍り上がりたいほどにうれしかったが、そこはさりげない表情を作った。

「それでは夕暮れが迫りましてから、まず私がこの綱を伝って上に参ります。それから城内の様子をうかがい、異常がなければ縄梯子を一本降ろしますほどに、皆様はそれを伝って城壁まで登って来てくだされ」

「縄梯子を登るのは我らが先で、若は最後に願いますぞ」

ひょうきん者の星沢秀政が真面目くさった顔で、一徹に声を掛けた。

「何しろ若はその巨体でございます。若が最初に登って万が一にも縄梯子が切れてしまったりしては、我らはこの崖の下で立ち往生するしかありませぬ。ここはどうしても、若は最後に登ってくださいませ」

秀政の言葉に、郎党達は声を殺して笑った。命懸けの戦いを前にして、こうした冗談で緊張をほぐしてしまうのが秀政という男の気働きであろう。一徹も頬を綻ばせつつ、

「最後に登るのはいいが、その時に縄梯子が切れたら何とする」
「その時は、せっかく手柄立て放題の宝の山の手前まで来たのに、若も運の悪いことよとみんなで笑うだけでございます。もちろん、手柄は我ら十二人だけで山分けでございますな。若はこの崖の下で、一人空しく地団駄を踏んでいなされ」
「俺が力一杯に地団駄を踏んだりしたら、こんな小城は岩盤から転げ落ちてしまうぞ。そうなれば手柄は俺が独り占めだ」

一徹までがそんなことを言って笑っている間に、初夏の長い日もようやく暮れようとして、黒い影が急速にあたりを包み始めていた。

一徹が合図をすると、長治は頷いて両手両足で綱を摑んで登り始めた。綱には一尺ごとに結び目が作ってあるので、甲冑を纏ってはいても上方に移動するのはたやすいことであった。

すぐに絶壁を登り詰めた少年は、そのまま城壁の上に顔を出して城内の様子をうかがった。まさに日が落ちようとしているこの時刻にはもう夕餉も済ませたらしく、十人ほどの雑兵が大鍋や大釜の後片付けをしていた。

（東の方角がなにやら騒がしいのは、若との打ち合わせ通りに井上清忠殿が示威行動を起こしているのだろう）

城兵の注意もそちらに集中していると見えて、この西側の城壁に目を向ける者など一人もいない。

長治は城壁を降りると、音が立たないように注意しながら、手近にある縄梯子をゆっくりと繰り出していった。

やがて縄梯子が伸びきったと思う間もなく、三郎太が素早い身のこなしで上がってきたのに続いて、赤塩左馬介（あかしおさまのすけ）、押鐘信光（おしがねのぶみつ）、唐木田善助などが姿を見せた。

待っている間に打ち合わせができていたのであろう、押鐘信光はすぐに少年が掛けた綱を引き上げ始めた。すぐに六本を束ねた郎党達の槍が届いた。それを城壁の下に置いてまた綱を投げ下ろすと、また六本の槍が上がってきた。

そのあとからは用意してきた資材が、次々と引き上げられた。力自慢の押鐘信光は、こうした仕事にはうってつけの屈強な若者であった。

その間にも長治は城壁の上に頭を出して、城内の様子を探っていた。

最後の一徹が城壁のところまで上がってきた頃には、すでに日はとっぷりと暮れて東の城外からは鬨の声が聞こえるようになっていた。城兵が城門の周りに結集しているらしく人の動く気配があり、やがて夕餉の片付けが済んだ炊事場からも雑兵の姿は消えた。

「もう大丈夫でございましょう」

長治の言葉を聞いた三郎太は、城壁の上に登るとすぐ城内から城壁に掛けられた梯子を下って城内に降り立った。続いて郎党達の手で攻城用の資材が運び込まれ、一徹以下の十三人は暗い城壁と薪炭小屋の間に円陣を組んだ。

「よいか、手順通りに六蔵、つね、はち、しげ、のりの五人は俺について北側の城壁伝いに城門へ向かう。後の七人は三郎太の指揮の下にここにとどまって焼き働きを行うのだ。よいな」

一同が頷くのを見て、一徹は五人を引き連れて月明かりを頼りに目を凝らしつつ、城壁に手を触れながら武者走りを歩み去った。

三郎太は資材の包みを開けさせた。中からは二つの大きな油壺と七本の松明が出てきた。

押鐘信光、唐木田善助の二人が油壺を抱えて薪炭小屋、兵糧蔵、炊事小屋に油をかけて回っている間に、長治は火打石を取り出して火を熾(おこ)し松明に火を移した。

三郎太以下の五人が火をつけて回り、長治はあらかじめ目をつけておいた廏に飛び込んだ。六頭の馬は松明の光に怯えて暴れだしたが、少年は柵(さく)を外して馬達を外に追い出した。可哀想ではあったが、廏から走り出ようとする馬の尻を小刀で軽く切りつけると、馬は狂ったようにいなないて狭い道を駆け出していった。

長治は廏のあちこちに松明をかざして火をつけた。廏には敷き藁や飼い葉が積み上がっていたから、たちまちあたりは火の海となった。

少年は城壁の近くに戻ったが、その頃には薪炭小屋も兵糧蔵も紅蓮の炎を上げて燃え上がっていて、火の手に気づいた城兵達が集まり始めていた。このところの晴天続きで、乾燥しきった木造の小屋は見る間に激しく火を噴いて焼け崩れていく。

そこへ城壁を越えて唐木田善助も姿を見せた。善助はいったん城外に出て、六本の縄梯子をすべて切って地上へ投げ落としていた。

（これで城内にこもっている二百名は、もはや袋のねずみであろう）

三郎太は六人が揃っているのを確認してから皆に松明を棄てさせ、一徹達と合流すべく、城壁に沿って武者走りを急いだ。

城内ではますます火の勢いが激しくなり、城兵達が叫び交わす声が手にとるように聞こえてくる。

幸い空に上弦の月がかかっていて、明かりがなくてもあたりの様子はぼんやりと分かる。城兵達は火事の騒ぎに気を取られているのであろう、北側の城壁の近くには人の気配もない。それでも矢狭間の近くに何人かの雑兵の死体があるのは、一徹達がここを通る時に見張番の兵達を始末していったのであろう。

誰にも見咎められることもなく、三郎太達六人はたちまち狭い城内を半周して城門へと辿り着いた。そこでは十人ほどの守備兵と一徹以下の六人との間で、激しい戦いが繰り広げられていた。

あちこちに敵の死傷者が散乱しているところを見ると、もともと二十人はいた敵の半数はすでに戦闘能力を失っているものと思われた。三郎太達が勇躍して参戦しようとしたのに気がついた一徹は、大声で叫んだ。

「ここは我らの手で片付ける。さぶは、門の上の見張り台を制圧してくれ」

「かしこまりました」

三郎太はその場は一徹達に任せ、門の横に掛けられた梯子を登った。上から恐怖に顔を引きつらせた雑兵が、闇雲に槍を突き出してきた。三郎太がそれをかわして相手の槍を摑んで引き寄せたところへ、すぐ後から登ってきた押鐘信光がすかさず槍をつけた。

手傷を負った雑兵が思わず槍を離して跳び退く間に、三郎太は素早く見張り台に駆け上がった。そこには三人の雑兵がいたが、三郎太は味方の助けを借りるまでもなく簡単に相手を動けなくしてしまった。

「もう、ここはこれでよい。皆は下に降りて、城門を開くのだ」

三郎太が城門の前に降り立った時にはすでに城門前での戦いも終了し、城門の閂も外されて郎党達の手で扉が開かれようとしていた。小さな城門だから扉も小さく、僅か三人ずつの力で扉は大きく左右に開いた。

一徹は門の周りに焚かれていた篝火から一本の燃え盛る松材を摑みだし、城門の外に出て大きく左右に打ち振った。城外の井上勢の中から、どっと歓声が沸いた。

すぐに井上清忠が二十人ほどの家来を引き連れて、細い坂道を踏み登ってきた。

「ご覧の通り、城内は火の海でござる。今は城兵達は裏の火事場に集まっておりまするが、逃げ道は絶ってござれば、いずれは火に巻かれてこの城門を目指して戻って参りましょう。あとはここで待ってさえいれば、井上殿の手柄の立て放題でござりまする」

石堂一徹はそう言ってから、さりげなく付け加えた。

「ご覧の通りの小城で、しかも二百からの敵がこもっておりまする。井上勢に三百の兵力があっても、とてものことにこの小さな城に入ることはできませぬ。さすればここには剛勇の士のみを残し、あとの者はこの坂の下に厚い陣を敷いて落ちてくる敵を包囲殲滅(せんめつ)するのが得策かと思われますが」

それはこのいくさに先立って、一徹が井上清忠に建策(けんさく)しておいたいくさだてであった。

「分かっておる」

若い一徹に念を押されて、井上清忠は不興げな表情になった。

（ここまで筋道をつけてやれば、井上殿がどれだけの手柄を立てるかは本人の器量次第だろう）

一徹は軽く頭を下げて、城門から下る坂道を降りていった。

一徹が自分の陣に戻って一息つく暇もなく、城門のあたりで激しい喊声が起きた。森角勢と井上勢が衝突を始めたのに違いない。だがそれは、一方的な殺戮戦に終始するのはもはや目に見えていた。

昨日と今朝の二回にわたって、井上清忠は森角忠長からまるで子供扱いにも等しい屈辱的な敗戦を強いられた。その恨みを晴らすためには、井上清忠がここで相手を皆殺しにしようとする気持ちは分からないでもない。

しかし一徹には、いくさ上手の森角忠長を惜しむ思いが強かった。

（もうとうに勝敗は決しているではないか。この上の殺生はもはやいくさではなく、むごたらしい虐殺に過ぎぬ。俺なら、あの男を臣従させてその才腕を充分に振るわせてやるのだがな）

一徹の沈鬱な表情に気がついて、鈴村六蔵が微笑した。

「若は、味方の誰彼となく手柄を立てさせる名人でござるな」

沈痛な表情を崩さずに、一徹は落ち着いた声音で言った。

「いくさの醍醐味とは、何であろうかな。恐らく大部分の武士にとって、よき大将の首を挙げることこそがいくさの醍醐味なのであろう。だが、俺はそうは思わぬ。いくさが始まれば両軍が正面からぶつかり合い、しばらくは互角のまま押し合う。しかしどこかで戦機が訪れる。そこで両軍の均衡を破る効果的な一手が出れば、流れは一気に傾き雪崩を打って勝敗が決する」

一徹は郎党達の顔を見渡しながら、さらに続けた。

「俺が魂の震えるほどに面白いのは、その均衡を破る一手を打つことなのだ。そして本当の手柄とは、その一手を打つ決断をし、しかもそれを十二分に成し遂げることにこそあると思っている。いったんいくさの流れが決まってくれば、味方の意気はいやがうえにも上がり、逆に相手は戦意を喪失する。そうなってしまえば、相手の首を取ることなど草を薙ぐよりもたやすい。だがそうして得た首などに、何の値打ちがあろうか。

とは言ってもいくさのあとの論功行賞は、大半は誰が誰の首を取ったかに基づいて行われる。当然石堂家の得る恩賞は、その働きの価値に対して遥かに少ない。俺自身には不満はないが、皆には申し訳ないと思うておる」

一徹の言葉を遮るように、三郎太が声を上げた。

「何をおおせられます。我ら郎党にとって、若に仕えるほど楽しいことはございませぬ。若はどのいくさにおいても、必ず誰にも思いもよらぬ戦術を考え出し、我らを適材適所に使いこなして村上勢に勝利をもたらすではございませぬか。

今日のいくさにしてもそうでございます。若は猿の異能を早くから高く評価しておられて、正直なところ我らは妬(ねた)ましいほどでございました。しかし今日のいくさは猿の働きなしには成り立ちませぬ。井上殿の働きなど、猿のそれに比べれば太陽の前の月にも劣りましょう。あの絶壁の下で立ちすくんだ時は、若が我らの力をそれぞれに見極めておられて、それぞれに余人をもっては代えがたい働き場を与えてくださるのだと、つくづくと感服いたしました」

三郎太は、微笑を浮かべて一徹を仰ぎ見た。

「重ねて申しますが、村上家の郎党の中で我らほど力一杯に働く場を与えられ、充実しきった満足感を抱いて毎日を過ごしている者はおりませぬ。申し訳ないなどとおおせられては、罰(ばち)が当たります」

三郎太が話している間に、身を震わせていた長治はついに声を上げて泣きじゃくり始めた。この小柄で非力な少年は、今や自分が石堂家にとってなくてはならない郎党だと周囲から認知されたことが、どんな恩賞にも増して魂がとろけるほどにうれしかったのである。

鈴村六蔵は、そんな長治の肩を抱いて優しく言った。

「花里城の陣屋に戻ったら、今晩は祝宴じゃぞ。猿が一人で城を落としたのだ、今宵の酒の味は格別であろうよ」

六

「猿、ちょっといいかい」

　夕餉を済ませて郎党長屋に戻ろうとしていた駒村長治を、女中頭の雅が屋敷の軒下で呼び止めた。郎党達は長治をその場に残して、声高に話しながら去っていった。女中達は夕餉の片付けに忙しく、あたりには姿が見えない。

「ここでは話しにくいね。こっちへおいでよ」

　雅は先に立って、長治を井戸の近くの一位の大木の陰まで連れて行った。まだ夕暮れには間があったが、昼間の暑さが嘘のように吹く風が爽やかな葉音を立てて通り過ぎた。

「お雅が用というのは珍しいな」

　雅は三十歳をいくつか超えているだけに感覚としてはほとんど母親に近く、長治もこうして二人だけになっても若い娘を相手にする時のような緊張感はまったくなかった。

「いくさから帰ってきて、何か気がついたことはないかい」

「そうだな、誰もが今までは俺のことを猿と呼んでいたのに、今日はどういうわけか女中達が長治様と声を掛けるんだ。なんだか尻がむずむずして気持ちが悪いよ」

「あれはね、私が皆に注意をしておいたんだよ。女中は普通、郎党をたとえ年下でも様をつけて呼ぶ。でも誰もがお前だけは猿と渾名（あだな）で呼び付けだ。猿は可愛い童顔で十五くらいにしか見えないから無理もないんだが、でも本当はもう十七だろう。しかも今度のいくさでは、大変な大手柄だったそうじゃないか。一人前の立派な郎党を、女中が猿と呼ぶなんてとんでもないことさ」

雅は真顔でそう言ってから、柄にもなくはにかんだ表情を浮かべた。

「私かい、私はいいんだよ。これも今日だけだけどさ。猿と呼ばせてもらわなければ、とてもこんな話はできやしない」

雅はそこで言葉を切って、微笑を浮かべながら長治の顔を覗き込んだ。

「今夜はお祝いに、誰の部屋に忍ぶんだい」

思いがけない雅の言葉に、長治は絶句した。それこそが一番触れて欲しくない話題だった。

「何でそんなことを訊く」

辛うじてそう切り返した長治に、雅は微笑を消して言った。

「娘の誰に訊いても、猿が忍んできたことはないという。お前はひょっとして、まだ娘のところに忍んだことがないのではないかい」

「そんなことはない」

　長治はきっぱりと否定したが、その言葉の調子には自分でも情けなくなるほどに嘘が透いて見えていた。

「やはりそうかい。こんなことを言っても、怒らないでおくれよ。猿は他の郎党に比べてずっと小柄で、武芸の腕も比べものにならない。それが負い目になっていて、娘のところに忍んだりしたら、笑いものになってしまうのではないかと、恐れているのではないかい」

　長治は、言葉もなく立ちすくんだ。雅の言葉は、この少年が日頃から抱いている暗い感情を真っ芯から射抜いていた。

「馬鹿だね、猿は。女を見くびってはいけないよ、猿のよさに誰も気がついていないとでも思っているのかい。猿は人に親切で笑わせることがうまく、誰よりも身軽で馬を走らせれば家中に並ぶ者がない。しかも今度は一人で城を落としたというじゃないか。石堂家には武芸自慢の郎党が大勢いるけれど、一人で城を落としたのは後にも先にもお前一人だ。猿に『忍んでいいか』と声を掛けられたら、飛び上がって喜ばない娘なんて一人もいないんだよ」

　長治が固い表情のまま返事をしないのを見て、雅はふっと妖しく笑った。

「実はね、そんなことではないかと思ってこうして引っ張って来たのさ。今晩私の部屋へおいでよ。男女の道の手ほどきをしてやろうじゃないか。何だ、これだけのものかと思えたら、もう若い娘のもとに忍ぶのが恐くなくなるよ」

雅が親切でこういう提案をしてくれるのは、少年にもよく分かっていた。

それにこうして改めてその気になってみれば、雅は背丈こそ長治よりも二寸ばかり高いものの、目鼻立ちは伸びやかに整っていて決して悪くはない。石堂家の食事の内容がいいこともあって、三十歳をいくつか超えているわりにはしわも目立たず、肌などはつやつやと輝いている。

言葉遣いはぞんざいだが、気性がさっぱりしていて郎党達や女中達の面倒見もよい。思わず頷きかけて、長治は飛び上がった。

「そんなことをして、ややができたらどうする。俺は、お雅と夫婦にならなければならぬではないか」

雅は声を上げて笑った。

「馬鹿だね。猿と私は親子ほどにも歳が離れているではないか。いくら私が図々しくても、猿と夫婦になろうとは思ってもいないよ。それに、私はややができない体質(たち)なんだ」

雅が十代の頃に戸倉(とくら)村の郎党のところに嫁ぎ、夫婦仲もうまくいっていたのに六年の間にとうとう子を生さず、生木を裂かれるようにして実家に戻されたという話を、郎党の誰かに聞いたことを長治は思い出した。

悪いことに触れてしまったかと少年は一瞬気を揉んだが、雅は温かい微笑を含んでいるばかりで、その表情には少しの翳りもなかった。

（俺もう十七歳、今体験しておかなければ次の機会はいつになるか分からない。お雅は日頃から自分に優しく接してくれている。たとえ俺がどんな失敗をしても、お雅なら優しく笑って自分の胸にしまっておいてくれるのではあるまいか）

「今夜、お雅の部屋に行く」

長治は気持ちを静めて言ったつもりだったが、声がかすれていた。

ふうと大きく息をついて仰向けに寝そべった長治に、雅は闇の中で顔を寄せて優しい声で訊いた。

「どうだい、堪能したかい」

「ああ」

長治は感激し過ぎた自分を恥じるように、いつになくぶっきらぼうにそう答えた。

その気持ちが手に取るように分かって、雅は思わず頬を緩めた。

「驚いたよ、今日が初めてだというのに三回もできるなんて。猿ももう、立派に大人の体になっているよ」

「でも、一回目は失敗だった」

「男は誰でも、最初はあんなもんさ。どうしていいか分からずに気ばかりあせって、ああなっちゃうんだ。いいんだよ、最初だというのに落ち着き払って堂々としている男なんているものかね。二回目も三回目もちゃんとできたんだよ、もう大丈夫さ」

「お雅には礼を言わなくちゃいけないな。お雅には散々手間隙掛けさせて、なんだか俺ばかりがいい気持ちにしてもらって申し訳ない気分だ」

「いいんだよ。私くらいの歳になるとね、猿のような若い男が体にしがみついて息を弾ませながら取り乱すのを見ているだけで、ああいい功徳をしたとうれしくなってしまうのさ」

「でも男が取り乱せばいいというものではなく、本当は女も取り乱すところまでいかなければ駄目なんだろう」

「そりゃあね、男ばかりが取り乱していたんでは、女も馬鹿馬鹿しくてとても付き合ってはいられないよ。男も女も取り乱すからこそ、飽きずに何度でも繰り返すことができて、やがてはややが授かるというものさ」

「男と女は、皆こんなことをしているのか」

長治はようやく気持ちが落ち着いてきたらしく、静かな口調で言った。

「いや、郎党や女中が抱き合って取り乱しているのは、別に驚くことはない。でも若と朝日様もそうなんだろうか。若はいつでも沈着冷静で、物に動じることがない。朝日様はいつ見てもおっとりとにこやかで、平静さを失う雰囲気など微塵もない。あのお二人が抱き合って取り乱している光景など、想像もつかぬ」

「馬鹿だね、若殿様だって奥方様だって、寝所に入れば男と女さ。私は何かの折に奥方様に訊いたことがあるよ。『若殿様はあのように見事な体格をしておられて、しかも一人の側室もお置きにならない。一人でお相手をなさる奥方様は、さぞ大変でございましょうね』。すると奥方様は、いつもの穏やかな微笑を浮かべてこう申されたよ。『まことに、身も細る思いですよ』」

闇の中で、長治は声を上げて笑った。朝日が石堂家に嫁いできて一年半、その間に頬のあたりに心持ち肉がついて、一層ふくよかな印象を強めているのである。この時代は痩せている娘は評価が低く、肉付きのよいことが多産豊穣のしるしとされていたから、朝日はこの近郊でも屈指の美女として郎党や女中達の誇りになっていた。

「それでは、猿もこれで一人前だ。明日からは私も猿ではなく、長治様と呼ぶからね」

「いや、お雅に可愛がられているうちは俺はまだ一人前ではない。お雅を取り乱させてこそ、初めて一人前の男だ。俺はこれからもしばらくは、お雅のもとに通わせてもらうぞ」

「うれしいね」

雅は娘の頃に戻ったように、弾んだ声を出した。

「それでは一日も早く、私に長治様と呼ばせておくれ」

第五章　天文五年　秋

一

後奈良天皇の勅使として、万里小路大納言頼資が坂木の村上館に到着したのは、長い冬がようやく終わって街道の雪も溶けた天文五年（一五三六年）三月五日のことであった。

勅使の一行は三十人ほど、大納言は公家の礼装として直衣立烏帽子であり、門前に出迎えた村上義清は狩衣を身に纏い、従う重臣達は直垂姿であった。

今回の勅使下向のことは、十日ほど前に朝廷からの使いが来て趣旨が伝達されていた。それは義清がこの一月に正四位上に叙せられ、これを機に天皇直筆の般若心経一巻を賜るとの内示であった。

正四位上と聞いて義清は狂喜した。なにしろ信濃守護の小笠原氏でさえ、従五位上なのである。

位には正と従があり、またそれぞれに上と下がある。正四位上の下は正四位下であり、以下従四位上、従四位下、正五位上、正五位下、従五位上、従五位下と続く。村上家は従来は従五位下であったから小笠原家の一段階下であったが、今回の叙勲で家格としては小笠原家に対して一気に六段階も上位になった。もちろん信濃の国の武将では、匹敵する者がない高位である。

大広間に居並ぶ義清以下の村上家の面々の前で、大納言頼資は厳かな調子で通達した。大納言は公家に多い面長で鼻筋の通った顔立ちで、よく響く澄んだ声の持ち主であった。

「都から遠く離れたこの地にありながら、長らく朝廷のために忠誠を尽くしてきたこと、主上（天皇の敬称）の覚えもまことにめでたい。ついてはここに、正四位上の位に叙すとの詔（天皇のお言葉）を賜った。今後一層のご奉公を尽くすように」

大納言はここで言葉を切り、白木の唐櫃の中から一軸の経文を取り出して村上義清に授けた。

「信濃の国が乱れて久しいと聞く。主上は大いに御心を悩まされ、この度おん自ら筆を執られて般若心経一軸を書き写され、村上義清に賜るとおおせられた。国内平穏をご祈願されての有り難い御心であれば、謹んで拝受奉るように」

この通達はそれぞれが文書になっていたから、義清は躍り上がるほどに喜んだ。豪族同士の争い事が起きた時など、この文書を示して帝のお心が村上家にあることを伝えれば、相手に相当な心理的圧迫を与えることができるであろう。

戦国時代に入ると、各地に群がり起こった新興の武士勢力が、朝廷領の荘園を武力で横領する事件が次々と起こった。これによって年貢が届かなくなった朝廷はたちまち困窮して、ついには日々の糧までが不足する事態となった。

食べる物にも事欠く始末だから、屋根が破れても築地が崩れても補修することができず、御所はあばら家のような惨状を呈していた。

後土御門天皇が崩御したのは明応九年（一五〇〇年）九月二十八日のことだが、葬儀費用の工面がつかずに、御遺骸はなんと四十日以上も内裏に放置されていたという。さらにこれに伴って後柏原天皇が皇位を継承したが、継承したからには当然よき日を選んですぐに即位の礼を挙げなければならないのに、これも費用が都合できず、式典が行われたのは実に二十二年後のことであった。

こうした苦境を打開するために朝廷が考え出したのが、天皇に経文や御製（天皇が作った和歌）の色紙を書いていただき、公家達が手分けして各地の大名、豪族に送り付けることだった。依頼があって揮毫するのならばまだしも、勝手に作って勝手に送るのだから、言葉は悪いが押し売りである。

朝廷の実権は地に落ちたとはいえ、天皇を敬い尊ぶ信仰にも似た心情は、世人の間に色濃く残っていた。将軍位は源氏、足利氏とその時々の最強の武将が入れ替わりで引き継いできたが、天皇家は万世一系で、いかに権力を誇る武人も貴族も代わって天皇の座に就くことはできない。

その先祖をさかのぼれば二千年以上前の神武天皇にまで行き着くとあっては、皇室の存在そのものがなにやら神さびて有り難く感じられるではないか。色紙や経文をそっけなく突き返したりすれば、どんな神罰が降りかかってくるかもしれない。

そこで大名、豪族達は、適当に金子を包んで朝廷に献金するのが常であった。朝廷はこれらの金子で、ようやく露命を繋いでいるのが実情だったのである。

村上義清のところに後奈良天皇の御製の色紙が届いたのは、大永七年（一五二七年）のことであった。義清はすぐに石堂龍紀を呼んで、どうしたものかと相談を持ちかけた。このような問題は武官ではとても対応できず、世故に長けた龍紀以外に話せる相手はいなかった。

「百貫も送るか」

一貫は五石が相場である。百貫なら五百石、一千俵の米が買える。これだけあれば、朝廷の数日の暮らしには事欠かないであろう。

「相場はそんなところでございましょうな」

龍紀はそう言って、ふっと頬を引き締めた。

「しかし世間並みのことをしていたのでは、朝廷の覚えはめでたくございませぬ。もっと奮発してこそ、帝の御心にかないましょう」

義清は半信半疑であったが、思い切って三百貫を奉納してみると、すぐに万里小路大納言が勅使として下向してきて、左近衛少将(さこんえのしょうしょう)に任ずると伝えた。献金の効能はきわめてあらたかなもので、これ以後、義清は出身地の名前を取って『更級少将』と呼ばれることになった。

それから毎年三百貫の献金を続けてきたところ、九年後の今年になって正四位上という思いもかけない高位に叙せられ、しかも天皇直筆の経文一軸まで添えられてきた。大納言頼資は「長らく朝廷に忠誠を尽くした」と言うが、村上家が京都に詰めて皇室のために尽くしたことはなく、毎年多額の金子を送金していただけだ。身も蓋もない言い方をしてしまえば、献金の見返りとしての叙勲なのである。

もっともことの性質上、毎年の献金は義清と龍紀だけが知っている秘密だった。龍紀が勘定奉行であるために、金子の調達や送金を極秘で行えることがまことに好都合であった。二年前に輝久が龍紀の跡を継いでからも、万里小路大納言と龍紀が顔馴染みとなっているだけに、朝廷に関してだけは龍紀が連絡の窓口を務めていた。

そうした事情を知らない村上家の直臣達の間では、「村上家は皇室の覚えがめでたい」と素直に受け取られ、喜ばれていたのだ。

義清はそうした空気に乗じて、大納言頼資の通達を大量に書き写させて家臣団や同盟している諸将に送り届けた。天皇の名前を表に出すことで、自分が周囲よりも一段高い存在であることを諸将や家臣団に印象付けて、村上家に忠誠を尽くすようにと目論んだのだ。

「父上もまことにご苦労様でございますな」

日がとっぷりと暮れてから坂木の役邸に戻って来た龍紀に、一徹は侍女が淹れた茶を勧めながらねぎらいの言葉を掛けた。

万里小路大納言は村上館に五日ほど滞在して、一昨日上機嫌で京都へ戻っていった。それもそのはずで、毎日、都にいてはめったにお目に掛かれないような豪華な料理と美酒の供応を受けた上に、謝礼金をたっぷりと貰ってのご帰還だった。

大納言が退き上げたのでこれで騒ぎも一段落かと思いの他、今度は井上氏、大井氏、須田氏、小田切氏といった豪族達や領地の遠い家臣達が、叙勲の祝いのためにどっと館に駆けつけてきた。

その来客達も龍紀が窓口になって捌かざるをえないので、龍紀は朝から晩まで目が回るような忙しさであった。

それに引き替え、一徹の方は次席家老として絶えず顔を出していなければならないものの、実務は何もないだけに気楽なものだ。

「うむ、いささか疲れた」

龍紀は直垂を脱いでくつろいだ服装に着替えてから、どっしりと腰を下ろしてゆっくりと茶を喫した。

「まだ来客はいるのだが、あとは輝久に任せてきた。輝久も今回で大納言とも顔繋ぎができたので、月末のお礼言上(ごんじょう)の上洛からは主となってやってもらわねばならぬ」

「殿もまことにご機嫌でありますな」

義清は来る客ごとに、大納言の通達を読み聞かせ、紺地の紙に金泥で書かれた天皇直筆の般若心経をうやうやしく捧げもって見せるのであった。客はみなその見事な筆跡に感嘆し、義清と天皇との繋がりの強さを思い知らされて、口々に祝辞を述べてやまなかった。義清は終始にまにまと笑み崩れて、それを受けた。

「たった一つ、気掛かりなことがございます。大金を投じての正四位上の肩書きであり、経文一軸でありますれば、これを機会に大いに宣伝にこれ努めるのは当然でありましょう。しかしいかに周囲から褒め称(たた)えられても、殿ご本人は心の底ではしょせん金で買った位、経文だと醒めたところがなくてはなりますまい。しかるに昨日今日の殿の言動を見ておりますと、俺も偉くなったものよと、本気で感じ始めているように思える節がありはしませぬか」

「それもよいではないか」

龍紀は、鷹揚に笑ってみせた。

「人間には名誉欲、虚栄心といった理屈では説明できぬ不思議な感情がある。たとえばこのところ村上家は、佐久で武田と争って勝ったり負けたりを繰り返しておる。勝ったり負けたりでは領地が増えないから、功名を挙げた家臣にも与えるべき知行地がない。そこでやむなく、感状を与えてお茶を濁している。

感状は、他の武将に仕える時などは己の武勲の証明にはなるが、村上家に臣従する限りはただの紙切れで、何枚貰っても腹がくちくなるわけではない。だが自分が感状を貰って周囲の者が貰わなければ頬を緩めて優越感に浸るし、誰かが貰って自分が貰えなければ、顔が引きつるほどに悔しがって次回こそはと発奮する。自分の働きが殿に認められたと知ることは、それほどにうれしいものなのよ」

龍紀は侍女を呼んで茶の代わりを申し付けた。

「殿と家臣の間でもそうなのだ。まして相手が帝（みかど）ともなれば、周囲の目も一段も二段も違ってくる。武将の実力は肩書きで決まるものではない。それは誰にも分かっているのだが、無位無官の武将からみれば正四位上、信濃守護といった肩書きを持つ武将は、何となく高貴で強そうに思えるではないか。

この感情を馬鹿にしてはならぬぞ。争い事とは、精神的に優位に立った方に六分の利がある。あの経文を伏し拝んだ豪族達は、何とはなしに殿に頭が上がらなくなったであろうよ」

「金で買った肩書きでも、馬鹿にしてはなりませぬな」

一徹は微笑した。この大男は、人の心の裏表に通じた父の言葉を聴くことが何よりの貴重な耳学問だと思っている。

「一徹とても、郎党に稽古をつける時にはわざと撃たせて褒めてやるではないか。いいきっかけで褒められるということは、それがお世辞と分かっていても本人にとっては大きな自信になり、自信がつけば本当に一段上の境地に到達できるのだ。殿もこれを機会に周囲の敵に対して心理的に優位に立てるようになれば、よい成果に繋がるやもしれぬ」

龍紀はゆったりと頬を緩めた。

「一口に金で買うというが、これだけの長期間にわたって何の効能があるかも分からぬことに資金を投じ続けるのは、誰にでもできることではない。これも一つの殿の器量なのよ」

龍紀は一徹の表情に満足して、また茶碗を傾けて咽喉（のど）を潤した。

二

「よろしゅうございますか」

朝日は障子を開けて石堂屋敷の離れにある龍紀、さわ夫妻の居間に入った。床の間には天龍寺青磁の大皿が飾られており、襖絵なども控えめながらもまことに趣味のよい山水画で、この部屋の主人達の穏やかな人柄が滲み出たものであった。

午後のこの時間は、龍紀が石堂家本家、分家の家政を見るために玄関に近い用人部屋に詰めていることを知った上での訪問である。今日から十月と月が変わって、庭に数本あるもみじが競い合うようにして鮮やかな紅葉を見せていた。

さわが淹れてくれた茶を喫しながら、朝日はさりげなく用意してきた言葉を口にした。

「どうやら、ややが授かったようでございます」

「おめでたですか」

さわは相好を崩して喜んだ。朝日が石堂家に輿入れしてはや二年、いつ子供ができてもおかしくない頃合いである。さわも一徹や朝日には面と向かってこそ口に出さないが、石堂家の棟梁としての一徹に跡継ぎが欲しい気持ちは当然ある。

（分家の輝久にはすでに二人の男児がいるだけに、一徹は何をもたもたしているのか）

　という思いは強い。

「それで、ややが生まれるのは、いつ頃でございます」

「さて、それは」

　朝日は自分でもはっきり分からずに、曖昧な返事をした。

「月のものが二月（ふたつき）もありませんので、多分来年の五月頃では」

「何を呑気なことを申しておるのですか。思い当たる日があれば、それから何日後と計算するとすぐに分かることではありませんか」

　朝日はいつもの穏やかな表情に、珍しく戸惑いの色を見せた。

「思い当たると申されましても、月のさわりの他は毎日のことでございますから」

　あまりに大胆な朝日の言葉に、さわは年甲斐もなく頬を赤らめた。

「何ということを申すのです。私が言いたいのは、最後の月のものが始まった日に十月十日を加えれば、ややが生まれる日の見当がつくということでございますよ」

　自分のとり違いに気がついて、今度は朝日が顔を真っ赤にした。

「これはまた、私としたことが」

「いえ、貴方はいつもそうですよ。良家の娘にふさわしくおっとりとした人柄なのに、ときおりけろりとして大胆なことを口にするのです」

さわはしばらく笑ってから、ふっと真顔に戻って言った。

「それにしても、毎日では体に毒ですよ」

「でも一徹様は、人の三倍食べて五倍働くお方でございますから」

「一徹も一徹ですが、貴方もいけないのですよ。気持ちが乗らない時などは、適当にお断りをすればよいのです。ああいうことは、度が過ぎるとかえってややができぬと申すではありませんか」

「ですけれど……」

朝日は、ゆったりと微笑して言った。

「私はこの家に嫁ぐにあたって、一徹様と固い約束を交わしているのです。私は人の二倍食べて三倍働くと」

「何を馬鹿なことを。三倍働くのは昼間だけでいいのですよ」

「分かりました。それでは一徹様に申し伝えましょう、『五倍働くのは昼間だけで、夜は人並みにしなさい』とお母上がおっしゃっていたと」

「やめてくださいまし。私がそんなはしたない言葉を口にするわけがないではありませんか」

朝日は生真面目なさわをからかっているのだが、そこにほのぼのとした温かさが漂うのが朝日の人柄であろう。

それからさわはいろいろと朝日に問いただして、出産予定日を来年の五月十五日と決定した。

「大丈夫ですよ、貴方なら安産でありましょう」

さわは、朝日の大柄な肢体を眺め渡して太鼓判を押した。

「丈夫なややを産むためには、まずはよく食べることです。いや、これは貴方には余計な忠告でした。食べるのは今のままでも充分でありましょう。それよりも、体を大事にし過ぎて動かないでいるのが一番いけませんよ。普段よりも体を動かすことを心掛けていないと、お腹のややが大きく育ち過ぎて、かえって難産になることがよくあるものです」

「よく食べて、よく動けばよろしいのですね。有り難うございます、それなら私にもできそうです」

「それで一徹にはもう話してあるのですか」

「いいえ、こういう話はまずお母上にと思いまして」

(この嫁が可愛いのは、懐妊の話をまず自分に告げるところにある)

さわはにこにこと微笑んだ。

「龍紀様や一徹は男児を望むでしょうが、それは天が決めることで朝日の責任ではありません。貴方は男児であれ女児であれ、丈夫な和子（子供）を胸を張って産めばいいのですよ」

さわは朝日に余計な負担を掛けまいとしてそう言ったが、その実自分の第一子が女児で、第二子の輝久が生まれるまでの三年間は辛い思いをしただけに、できることなら男児であって欲しいという思いが強かった。朝日は敏感にそれを察したが、気がつかないそぶりで話をそらした。

「そろそろ一徹様が戻ってくる時分でございます。それでは、一徹様にこのことを告げて父親になる覚悟をしていただかなければなりませぬ」

いつものように申の刻（午後四時）に遠乗りから戻ってきた一徹の着替えが済んだあと、朝日は居間で一徹と向かい合って座った。

「一徹様、よい知らせがございます。日頃の努力がかなって、ややが授かったようでございますよ」

「本当か」

さぞ驚くと思いの他、一徹は意外に冷静に朝日の言葉を受け入れて微笑した。

「どうもそんなことではないかと思っておったぞ」

「どうしてでございます」

「この二月ばかり、月のさわりがないではないか。毎晩抱き合っておれば、そんなことは察しがつくのが当たり前だ。いつ朝日の口からややの話が出るかと楽しみにしておったのだぞ」

「恐れ入ります」

朝日は苦笑する他はなかった。一徹は武辺者として鳴り響いているのとは裏腹に神経が細かく、よく物に気がつく。ひょっとすると自分より早い時期に、懐妊に思いを巡らしていたのではあるまいか。

「いや、お手柄だ。まずはめでたい」

「まずはお母上にご報告し、喜んでいただきました」

いかにもうれしそうに頰を緩めている一徹に、朝日は先程のさわとのやり取りを語って聞かせた。一徹は声を上げて笑った。

「しかし朝日もよくもそこまであけすけに申したものだな。あの母上のことだ、さぞ肝を潰しておったろう」

「毎晩のことでございますから、いつややが授かったのか思い当たりませぬと申したら、お母上がどぎまぎして真っ赤になっておりましたよ」

朝日は、笑いを収めてさらに続けた。

「私は他の殿御のことは存じませぬから、夫婦というものは毎日睦み合うものとばかり思っておりましたが、世間では違うのでございますか」

「我らは我らよ。二人が好きでしていることだ、誰も口を挟むことなどできぬわ。俺は、朝日と祝言したことが、何よりの幸せだと思っている。自分は人一倍どころか二倍、三倍と体力強健な体質だ。並みの娘ならば、俺の相手をしているうちに痩せ衰えて病んでしまうであろう。それが朝日はよく食べよく動いていつも血色がよく、痩せる気配などさらにない。よい嫁を貰ったと、心の中ではいつも感謝しているのだぞ」

「そう言っていただければ、有り難いことでございます」

朝日はゆったりと微笑した。

(このいかにもおおらかな表情こそは、朝日の一番の美質だ)

と一徹はひそかに思っていた。

「それにしても、一徹様はまずは男児を望まれていますか」

「いや、どちらでもよい。その壮健な体だ、いずれ何人ものややが授かるであろう。第一子は女児の方が育てやすいと聞く。そのうちには男児に恵まれることもあろうよ。まずは丈夫な赤子を産むことだけを考えておればよい」

一徹は、ふと思いついて続けた。

「どちらに似ても、さぞ大柄な子供であろうな。ひょっとすると、我らよりも大きくなるかもしれぬ。男児ならば俺より大きくても武将としてなんの差し支えもないが、女児で朝日より大きいとなると、朝日以上に嫁入り先に苦労するかもしれぬな」

「生まれる前からそんな心配をするのを、下世話では取り越し苦労と申すようでございますよ」

朝日はそう言いながら、一徹と夫婦になった幸せをほのぼのと嚙み締めていた。


この年の十一月、長らく信濃進出の機をうかがっていた武田信虎はついに六千の兵を率いて出陣し、佐久郡の最南端に近い海ノ口(うんのくち)城（現・南佐久郡南牧村に所在）を攻め落とした。

城を守っていた平賀源心(ひらがげんしん)は大井氏の一族で村上家の支配下にはなかったが、この一戦は武田の佐久侵攻の狼煙となり、いよいよ村上家と武田家の直接対決が現実のものになろうとしていた。

翌年一月、これに対抗して村上義清の打った策は、大井氏一門で内山城（現・佐久市内山に所在）主の内山清宗(うちやまきよむね)に自分の娘を嫁がせ、大井氏との関係を強化することであった。

三

遠乗りで屋代あたりまで出かけていた一徹以下の九人の一行は、いつものように騎乗の駒村長治を先頭に一列となって千曲川の堤を歩いていた。三月も半ばとなって長い冬の寒さもようやく遠く去り、堤の桜並木も日ごとに蕾(つぼ)みが膨らんで薄紅色が増していくのがよく分かった。路傍には菜の花が一杯に葉を広げ、あちこちに早咲きの花が鮮やかな黄色に野を染めていた。

賑やかに談笑しながら五加村の近くまで戻ってきた時、駒村長治はふと馬を止めた。前方でなにやら騒ぎが持ち上がっていた。

みすぼらしい身なりの少女が裾を乱して駆けてくるのを、二人の壮漢が何か喚きながら追い掛けている。男達は腰に大小こそ差しているが、風采、容貌からしてまともな武士の身分ではないことは一目で見てとれた。

「さぶ、あの娘を守ってやれ」

中段にいた一徹の言葉より早く、市ノ瀬三郎太は長治の前に出ると少女を背後にかくまいながら、二人の壮漢の前に立ちふさがった。汚い小袖に泥の染みついた粗末な袴を身につけた男達は、髭も髪も伸び放題でいかにもすさんだ暮らしぶりを物語っていた。

「その娘を返してもらおうか」

一徹達がみるからに屈強な若者ばかりなのに一瞬怯みながらも、二人のうち年長らしいのが虚勢を張って肩を怒らせた。

「娘が怖がっているではないか。返して欲しくば、仔細を聞かせてもらおう」

「うるせぇや」

男は粗野な言葉とともにいきなり殴りかかってきたが、三郎太は体を開いてかわしつつその手首を摑むと、軽々と宙に投げ捨てた。男は絶叫して、堤の土手を激しく転げ落ちた。

その間にもう一人の男が三郎太の背後から襲いかかろうとしたが、その時には押鐘信光がその脇に回っていて、男の肩と腰に手を掛けるなり高々と頭上に差し上げた。いかにも力自慢の信光らしい大技に、男はだらしのない悲鳴を上げて身悶えしたが、どうにも動きが取れるものではなかった。

「のぶ、降ろしてやれ。お前の怪力で放り投げられたら、怪我をしてしまうわ」

信光が多少は物足りなさそうに男を地上に戻すのを見届けてから、川原でようやく立ち上がって逃げ腰になっている年長の男に、三郎太は爽やかな声を掛けた。

「喧嘩をするなら、相手を見てやれ。我らは石堂家の家中の者であるぞ」

石堂一徹の武名なら、このような無頼の徒でもとうに耳にしている。男の顔に恐怖の色が浮かんだのを見て、三郎太はさらに言った。

「さて、この娘がお前のものだという仔細を話してもらおうか」

相手が腕力で娘を取り上げようとしているのではないことを知って、男は堤の草を摑んで道まで登ってきた。一徹も馬を郎党に任せて、その場にやってきた。

年長の男はそれがこの近郊に名高い石堂一徹と知って驚いたが、評判通りの巨軀ではあるものの、想像していたのと違ってどこにも武張ったところのない穏やかな物腰であることに安心感を覚えた。肩から力が抜けると、生まれついてのふてぶてしさが蘇ってきた。

「それは戸倉村の外れの水呑み百姓の娘だが、俺達が親に金を払って買い取ったのだ。だから俺達のものなのは間違いない。ところがさっき、娘が隙を見て逃げ出したので追い掛けてきたというわけさ。さぁ、いきさつが分かったら引き渡してくれ」

「よく分からぬな。親はどうして娘を売る気になったのだ」

「その娘の親というのは、三反の田畑しか持たぬ水呑み百姓なのだ。年老いた両親がいて、しかも子供が五人もいる。とても食っていけるものではない。ところが五人の子供のうちその娘だけは、実の子ではないのだ」

その娘の実の親は松代の百姓だったが、数年前の流行病で家族は皆死んでしまった。

そこでやむなく親類筋にあたる今の両親のところに引き取られたのだが、もともと食うや食わずの水呑み百姓とあって、とても養えるものではない。持て余しているという話を近所で聞きつけて、我らに売らぬかと話を持ちかけると、親は渡りに船と乗ってきた。それで代金の支払いも済み、本人を連れて出ようとしたところが、気配を察したこの娘が逃げ出したのだという。

がたがたと音を立てるまでに震えている娘が、三郎太以下の郎党達に固く守られているのに目をやりながら、一徹はゆったりとした口調で言った。

「すると、お前達は女衒(ぜげん)か」

女衒とは貧しい家庭の娘を買い取っては、宿場に女郎として売り飛ばすのを世渡りの仕事とする男達のことである。宿場には女郎が付き物で、北国街道の各宿場にも飯盛り女という名目で女郎がいるのは、万人周知のことであった。

後ろで聞いていた三郎太が、いきり立って叫んだ。

「何だ、女衒か。それではなおのこと、この娘は渡せぬ。怪我をしないで済んだのがめっけものだと思って、さっさと退散するがよい」

一徹は、なおも言い募ろうとする三郎太を制した。

「そう言ってしまっては、酷であろうよ。女衒は法によって禁じられた生業(なりわい)ではないし、親が娘を売ることも望ましくはないが世間にはよくあることだ。それに代金はすでに親に支払ったとあっては、これを償わなければ石堂家は女衒の持ち物をただで取り上げたと、言い触らされるのも業腹ではないか。それで、この娘の親に渡した金はいかほどじゃ」

「一貫でござるよ」

「娘一人がたったの一貫か」

一徹は慨嘆した。二ヶ月後に長子が授かるはずの一徹にしてみれば、その子は千金にも換えがたい。

(男であれ女であれ、十いくつまで育った人間がただの一貫ではあまりにも安過ぎるではないか)

しかし、僅か三反の田畑しか持たぬ水呑み百姓にしてみれば、厄介者が片付いてしかも一貫もの銭が手に入るとあっては、躍り上がるほどの幸運なのかもしれない。

「分かった。お前は、この娘を屋代あたりの宿場に連れて行って売るつもりであったのだな。お前の腹づもりはいくらだ」

「この娘ならば、まずは二貫」

一徹を与しやすしと見たのであろう、男はなおもふてぶてしくそう言った。一徹は頷いた。

「よし、我々はこれから石堂村の館まで帰る。お前達はそこまでついてくるがいい。

そうすれば、二貫の銭を払ってやろう」

「若も人が好過ぎる」

三郎太は口を尖らせて、不満をぶちまけた。

この正義感の強い若者にしてみれば、十一、二歳にしかならない娘を売る親も買う女衒も、人の道に外れているとしか思われない。

（こういう男どもは、顎が外れるほどに殴り飛ばして痛い目に遭わせてやればいいのだ。館までついていくだけで言い値の二貫を払ってもらえるなら、宿場に連れて行って値段の交渉をする手間が省けるだけ、女衒達は大喜びだろう）

「我らが毎日武芸の鍛錬をしているのは、戦場で名のある武士と戦うためだ。このような者達と争うことなど、石堂家の武名の穢れではないか」

一徹は諭すようにそう言い、駒村長治に娘を馬に乗せて先に行くことを命じた。長治はまだ震えている少女に、

「馬に乗ったことはあるか」

と尋ねた。娘はおどおどと首を振った。

「猿は先に馬に乗れ。俺がその娘を抱き上げてお前に渡すから、乗りいいようにして連れて行くがよい」

力自慢の押鐘信光はそう言って、馬上の長治に娘を軽々と放り上げた。娘は怯えて

長治の首にしがみつき、童顔の少年は当惑しながらも少女を横抱きにする形で馬を進めることになった。

長治が当惑したのは、若い娘にしがみつかれたからではない。その少女は肉が薄くて腰も胸もまだ娘らしいふくらみを見せていなかった。ただその娘からは汗臭いのを通り越したすえた異臭がして、それが鼻についてならなかったのだ。

水呑み百姓の家では、湯浴(ゆあ)みをすることもままならない。しかし三月も半ばの今ではまだ水は冷たく、井戸端で体を洗うこともできない。この娘は、何ヶ月も水浴びをしていないのであろう。

近くで見ると、身につけている着物もまことにひどかった。

この前に洗濯したのはいつなのであろうか、ぼろぼろというだけではなく泥と汗が染みついて汚れきっている。それにほとんど膝が覗きそうな裾の短さが尋常ではない。

(背が伸び盛りの年頃なのに、おそらくはこの三、四年は着たきりなのではあるまいか)

「名はなんと言う」

長治は、いかにもこの少年らしい優しい笑顔で娘に訊いた。

「はな」

娘は硬い表情を崩さずに、それだけを答えた。

「よい名だ。桜の花の花か」

娘は困ったように首をかしげた。長治はこの娘が文字を知らないことに気がついて、あわててとりなすように言った。

「それでは、これからはおはなだ。俺は駒村長治、これでも子供には好かれる。これからは仲良くしようぞ」

はなは、無言のまま頷いた。長治の笑顔には、相手を無警戒にさせる人懐こさがあった。大きな一本杉の下にある地蔵尊の前を過ぎれば、石堂屋敷はもう目と鼻の先である。

四

屋敷に帰り着いた一徹は、女衒達を門の外に待たせて玄関に上がると用人部屋の引き戸を開けた。この時刻では石堂龍紀はもう自室に引き上げていたが、用人頭の樋口(ひぐち)成之(なりゆき)はまだ残っていた。

「樋口、頼みがある。銭二貫を至急用立ててはくれぬか」

「お安い御用でございます。何か買い物でもなさいましたのか」

「うむ、娘を一人な」

一徹が手短に二貫が必要な理由を説明すると、樋口は声を上げて笑った。

「娘と申されたので、若殿が側室でも召されたのか、それにしても二貫とはずいぶんと安い側室だと驚いておりましたぞ」

急の支払いに備えて、この部屋には常に何貫かの銭が用意してある。一徹はその中から二貫を受け取り、両手に抱えて玄関に急いだ。

そこには三郎太がはなを伴って控えていた。

「これをあの女衒達に渡してやってくれ。娘は俺が奥へ連れて行って、朝日に会わせる」

「屋敷に上げるのには、この娘はいささかむさくるしゅうござります」

三郎太は眉を寄せて声を潜めた。三郎太にしてみれば、女郎として売られる運命のはなを救ったのはよいが、この水呑み百姓の娘を一徹がどう扱おうとしているのか見当もつかない。

「事情を聞いてみれば、元の家に戻すこともなるまい。この娘が当家に身を寄せることになったのも何かの縁、朝日と身の振り方を考えてやらずばなるまい」

一徹ははなの身辺に漂う異臭に動ずる風もなく、肩に抱き上げて廊下を歩き出した。はなは一言も発せずに、ただ身を硬くして見たこともない石堂屋敷の壮大なたたずまいに息を呑んでいた。

朝日は自室で一徹の稽古着に針を通していたが、一徹がみすぼらしい身なりの女の子を連れているのを見て目を見張った。一徹は、はなを買い取ったいきさつを朝日に伝えた。

「この娘が宿場女郎に売られようとしていると知っては、女衒から取り戻さねばなるまい。しかし自分が引き取ってみれば、この娘をどうしたらよいのか俺には分からぬ。こんなことは、朝日が得意であろう。この娘の扱いは朝日に任せたいと思うが、どうだ」

「なかなか利発そうな娘ではありませぬか。まずは私が手元に置いて仕込み、女中として使ってやりましょう」

「そうしてくれれば有り難い。それでは俺は汗を流して着替えて参る。朝日ははなの面倒を見てやってくれ」

朝日は手を鳴らして自分付きの女中の萩（はぎ）を呼び、用意してある一徹の着替えを井戸端まで運ぶこと、その途中で女中頭の雅に会ってこちらに寄越すようにと頼んだ。

一徹と萩が出て行くと、朝日は体を硬くして小さくなっている少女に優しく声を掛けた。

「名前ははなでありましたな。はなというからには、桜の花のように美しくあれと願って親は名を付けたのでありましょう。これからは、『お花』と呼びますね。ところで、お花はいくつになりますか」

「十三」

花はおびえた表情でそれだけを言った。朝日は花が十一歳くらいかとばかり思っていたので、もう十三歳になっているとは意外であった。花は年の割には小柄で、ぼろから覗く手足も肉置(ししお)きが薄かったが、これは生まれついての体質というよりは、日頃の栄養が足りないせいで成長が遅れているのではあるまいか。

水呑み百姓の暮らしの悲惨さを知らない朝日ではなかったが、この年頃で満腹するまで食べられないというのがどんなに辛いことか、この花という少女の華奢な体つきを見ているだけで、朝日にはいたたまれない気持ちで一杯であった。

その時、萩と女中頭の雅が姿を見せた。

「お雅、この娘を、当家で預かることになりました。百姓育ちで武家の屋敷のことは何も分かりませんから、しばらくは私が手元に置いて仕込んでから、お雅に渡して女中として育ててもらいたいと思います。ついては古着でよいから、女中としての衣類を下着から一式揃えてください。それから、今湯は沸いていますか」

「女中用の湯はまだ火をつけておりませぬ」

「我々の風呂は」

「湯は沸いておりますが、まさかその娘に若殿様より先に湯を使わせるわけには参りますまい」

「構いませんよ」

朝日はゆったりと微笑して言った。

「この通りの有様です。まずは湯盥(ゆだらい)に入れて体の汚れを落とし、さっぱりとした衣類に着替えさせなければ、座敷に上げることもできませぬ。湯は私が使わせますが、お雅はその間に何か食べるものを用意してください。この子はお腹の皮が背中につくほどお腹を空かせているのです。残り物でもいいですから、何しろ手早くお願いしますよ」

「奥方様は、八ヶ月の身重でございますよ。その娘をきれいにするのは私がやりましょう。奥方様はそばでお指図をしていただくだけで結構でございます」

萩が湯殿座敷で、花の衣類ともいえないほどのぼろをその身から剝ぎ取っている間に、雅は早くも着替えを布に包んで持ってきた。

「食べるものをお願いしますよ」

ゆったりと横座りして花から目を離さなかった朝日は、雅にそう念を押してから右手を畳について立ち上がった。予期していた通り、花は肋骨が浮いて見えるほどに瘦せていて、胸は薄く体毛もまだなかった。

当時の上級武士の風呂は蒸気を使った蒸し風呂だが、そんな贅沢は毎日できるものではなく、普段は大きな湯盥で湯浴みをするのが常であった。雅に命じられたのであろう、女中が二人やってきて手早く湯盥に湯を満たした。溢れるばかりの湯面からは、盛んに湯気が昇っている。

通常ならこのまま花を湯に入れて体を洗ってやるべきであったが、そうするにはこの娘は全身があまりにも汚れ過ぎていた。

「お萩、湯加減を見てやってくださいい。まずは湯盥の外で頭からお湯を掛けて、髪と体を洗ってやらねばなりませぬ。初めは温めの方がようございましょう」

萩は手桶に湯を汲んでから水を加えて、ざぶりと花の体に浴びせた。幼い体型をした娘は、小さく悲鳴を上げた。

「お萩には温いと思えても、お花には熱いのですよ。この娘は、今までは水浴びしかしたことがないのでしょう」

「申し訳ありませぬ」

萩は素直に頭を下げた。花にとっては今の境遇はこれまで体験してきた世界とはあまりにもかけ離れていて、とてものことにこの世のものとは思われず、何につけても笑われるのが恐ろしくて身を固くしているのであろう。

(この少女の気持ちを楽にして落ち着かせるのが第一)

朝日はそう考えているに違いない。朝日に十年近くも仕えている萩には、この女主人のそうした心遣いが手に取るように分かるのである。

萩はさっきより温めにした湯を、花の頭から掛けた。今度は花の体は動かなかった。備えつけの木の腰掛に座らせて、萩は花の短い髪に指を走らせた。

「自分でやる」

花は耐え切れずに叫んだ。この娘は、今まで親にも兄弟にも髪を洗ってもらった覚えなどない。まして朝日はもちろん、萩にしても花から見れば雲の上の貴人なのである。

（これは、夢ではないのか）

ほんの一刻前には女衒の手を逃れて千曲川の堤を駆けていたことを思えば、こうして絹の小袖に身を包んだお女中が自分の身を清めてくれているとは、あまりにも恐れ多くてとても現実のこととは思われない。

「いいのですよ。今日は私がしてあげます。ただし、明日からは自分でやりなさいね」

萩は優しくそう言い、時々小糠（こぬか）袋で頭を叩いては丹念に洗った。さっきまで汚れに汚れて汗臭い匂いを漂わせていた髪は、いつか小糠の香りとともにつややかな黒い輝きを帯びてきた。

「お花は、いい髪を持っているのですね」

朝日は花のちょっとしたことでもすかさず褒めてやろうと思っていたが、この髪の色と豊かさはお世辞抜きにこの娘の財産であった。今は農作業のために短く、それも不揃いに刈られているが、これを長く伸ばして可愛い色の紐で束ねたりすれば、男どもの目を引くのに充分であろう。

「今度は顔を洗いますよ」

萩はよく絞った手拭いでまず額から力を入れて拭き始めたが、すぐに、

「あら、あら」

と声を上げた。体を擦ればさぞ大量の垢が出るだろうとは予期していたが、まさか額からぼろぼろと茶褐色の垢がこぼれ落ちるとは予想外の出来事であった。もちろん額ばかりでなく、頬を擦れば頬から、鼻を擦れば鼻から、次々と垢が浮いて板敷きに落ちた。

顔が終わって体に移ると、もう萩も朝日もただ驚く他はなかった。それでなくても痩せた花の体がなくなってしまうのではないかと心配になるほど、手からも足からも胴体からも大量の垢が噴き出してきた。ようやく全身の垢擦りが終わり、花のほっそりとした体を萩が小糠袋で洗い上げると、さっきまでの異臭は嘘のように消えて、小糠の香りに包まれた若い娘の肉体がそこにあった。

萩は湯盥から湯を汲んで、何杯も少女に掛けた。

「もう寒くありませぬか」

花が頷くのを見て、朝日は花を湯殿座敷へ連れて行った。

朝日は雅が用意してくれた着替えを花に着せた。温かい湯を何杯も浴びて上気した花は、女中用の衣服に身を包むと、目が大きく鼻筋が通っていて口元が引き締まり、二、三年も経てば郎党達の間で評判になるほどの美貌になるのではないかと思われた。

(女衒は、さすがに商売人ですね。垢と汗にまみれてはいても、その奥に潜む美質を見抜いていたのでありましょう)

感嘆した朝日は、座敷に備えつけの大鏡の前に花を連れて行った。

「見なさい。これがお花ですよ」

花は息を呑んだ。おそらくこれが、花が自分は女だと意識した最初の瞬間であろう。

「これがお花なのです。今までの暮らしはすべて忘れて、これからの生き方を切り開かねばなりませぬ。それにしても、まずは食事にいたしましょう」

朝日は花を自室へと連れて行った。そこには雅がいて、具だくさんの汁と大きな握り飯が二つ載った膳がすでに置かれていた。

「もう陽も回っております。さぞ、お腹が減っているでありましょう。遠慮なくお食べなさい」

花は一瞬上目遣いに朝日を見上げたが、汁のいかにもおいしそうな匂いに我慢ができなかったのであろう、左手に大きな椀を持ち右手で箸を摑むとがつがつと口に運び始めた。汁が頰にも鼻にも飛び散ったが、花はそんなことはまったく気がつく気配もなく、貪るとしか言い様のない激しさで具を頰張り汁を飲み下した。

「ゆっくりお食べなさい、誰も花の食べ物を横取りしたりしませんよ」

朝日はそう言って、温かく笑ってみせた。

(ほんの数刻前までのお花の暮らしでは、早く食べなければその分自分の口に入るものが減ってしまったのでありましょう)

食事の時の作法はおいおい仕込んでいくとして、今はゆっくりと満腹するまで食べさせてやるのが大事であった。

椀が空になったのを見て、朝日は雅にお代わりを持ってくるようにと命じた。

「いえ、もう充分でございます」

花は自分の凄まじい食べっぷりに気がついて、はっと顔を上げた。

食欲に任せて思い切り食べてしまえば、明日から食事の量を減らされてしまうかもしれないと思ったのである。

「遠慮をしてはいけませんよ。お花の年頃では、もっともっと食べなければ体が大きくなりません。私をご覧なさい、この体になるまでには親が呆れ返るほどに食べたのですよ」

花は朝日の大きな体を眺めて、初めて白い歯を見せて笑った。そして安心したように、大きな握り飯に手を伸ばした。

「もっとも、今の私は普段の体つきではありません。今は八ヶ月の身重なので多少膨らんでおりますが、いつもはもっとずっとすっきりしております」

たしかにここへきて体重も二貫目（約七・五キロ）近くも増えているが、朝日の場合は大柄なせいもあって腹の膨らみはさほど目につくまでのことはなく、遠慮のない三郎太などは、

「この分では、ややが生まれても誰も気がつきませぬな」

とからかうほどであった。

そこへ雅が椀のお代わりを運んできたが、花はその椀も握り飯二つもきれいに平らげて、ようやく人心地がついたという表情になった。

「まだいくらでもお代わりをしてよいのですよ」

「いえ、こんなに満腹したのは生まれて初めて」

花はすっかり緊張が解けて、先程までとは別人のように柔らかい表情になった。

「明日からも、お腹一杯食べたいですか」

花が人懐こく頷くのを見て、朝日は優しく続けた。

「いくら食べても、当家では誰も文句は言いませんよ。ただし、『人の二倍食べて三倍働く』、それがこの石堂家の家訓なのです。花は働くのはいやではありませんね」

「三倍食べられるなら、おらは朝から晩までだって働く」

花は身を乗り出すようにして、真心もあらわにそう言った。

（お腹一杯食べられるということが、この娘にとって何よりも切実な願いなのだ）

朝日は胸を突かれる思いでその言葉を聞いた。

そこへ、着替えを済ませて髷を結い上げた一徹が入ってきた。髷を結うのはいつもなら朝日の仕事なのだが、今日は雅あたりに頼んだのであろう。

一徹は女中姿の花を見て、目を見張った。

「蛇の道は蛇というが、さすがに女衒の目は確かなものだな。あの暗闇で目ばかりを光らせているような娘が、風呂に入れて衣装を換えるだけでこのような姿になるのか」

一徹が自分と同じ感想を洩らすのを聞いて、朝日は頬を緩めた。

「お花は、女中としてお雅に預けるつもりですが、武家のしきたりに馴染ませるためにも、しばらくは手元に置いて仕込みたいと思います。よろしゅうございますか」

「この娘の扱いは朝日に任せる。不幸な生い立ちの娘だ、我らには思いもよらぬ行動に出ることもあろう。気をつけて見てやってくれ」

五

甲高い声を立てながら、廊下をばたばたと何人もの足音が近づいてきて障子の向こうで止まった。

「よろしゅうございますか」

朝日は、生まれてくる赤子のための産着を縫う手を休めた。

「お入りなさい」

女中頭の雅が途方にくれた表情で、秋と花の二人の女中を部屋に押し入れた。

「どうしたのです」

「この泥棒猫が、私のお守り袋を盗んだのですよ」

秋は怒りに身を震わせて、花を睨みつけた。青ざめた顔でうつむいたままの花に向かって、秋はさらにまくし立てるように言った。

「さっきふと気がついたら、いつも懐に入れてあるはずのお守り袋がないのです。どこかに落としたのかと探してみましたが、どこにも見つかりません。ふと思いついてお花の夜具を探ってみたら、その中にこれが隠してありました」

秋はそう言って、赤い錦のこぎれいな守り袋を朝日に示した。肩を震わせて泣きじゃくっている花の姿を見て、朝日は事態が深刻なことを思い知った。

「お花、どうしたのですか」

「廊下で拾ったのだ」

「それならばお雅に届けるなり、身近にいる女中達に、『どなたかこれを落とした方はありませんか』と訊いてみればよいではありませんか」

花はさらに身を揉んで泣くばかりであった。

「これは大変なことですよ。事の次第によっては、お花にこの屋敷から出て行ってもらわなければなりませぬ」

「分かっている」

花はとうにその覚悟を固めているようであった。しかしこの屋敷を出ても、どこにも行くところがない身の上なのである。下手をすれば、川に身を投じることもないとは言えまい。

朝日としては、花が守り袋を隠した本当の理由を突き止めることが、何よりも急務であった。

「人の物を盗る(と)のは、いけないことです。しかし、私にはお花がそんな悪いことをする娘とは思えませせぬ。どうして、そんなことをしたのですか」

朝日は、花ににじり寄って優しく肩を抱いた。花はなおも泣きじゃくりながら、途切れ途切れに語り出した。

花はほんの一刻ばかり前、廊下で秋の守り袋を拾った。女中の給金で買えるくらいの品だからさして上等な物ではないのだが、花にとってはこのようにきれいな守り袋を手にするのは初めてで、あたかも宝物のように眩しく輝いて見えた。

花は周囲を見回して誰にも見られていないのを確認してから、守り袋を懐に入れて女中部屋に戻り、自分の夜具の中に押し込んだ。秋が騒ぎ出してからは、何度も「私が拾いました」と名乗り出ようとしたが、もう手遅れで自分が盗んだとしか受け取ってもらえないと思い、言い出せなかったというのである。

「分かりませぬ。その守り袋がそんなに気に入ったのなら、自分のお給金で買えばいいではありませんか」

「おらに、給金が出るのか」

花は目を見張って驚いた。女中として一人前に働けるようになったら、毎月決まった額の給金を出すとは、あらかじめ花には伝えてあった。しかしこの娘は、それを信じてはいなかったのである。花の身の上からすれば衣食住が保証されているだけでも夢のような話で、自分の自由になる銭が手に入ることなど有り得ることではなかった。

（この娘は自分の銭で物を買ったことなど、一度もないのだ）

朝日は胸が潰れる思いだった。花は実の親にも育ての親にも、欲しい物をねだって買ってもらったこともないのであろう。

その花が、たまたま秋の守り袋を拾った。まばゆく輝くその守り袋に目がくらみ、後先の考えもなく自分の夜具に隠してしまったのだ。この娘にとって、欲しい物を手に入れるにはそれ以外に道がなかったのに違いない。

朝日はなおも口を尖らせている秋に向かい合った。

「お秋、お前の悔しい気持ちはよく分かります。けれど、一度だけお花を許してはくれますまいか。もちろん人の物を盗るのはいけないことです。お花には、私から厳しく言って聞かせます。

ただお秋、考えて欲しいのですよ。お花は早くに家族と死に別れて、遠縁の百姓のもとで育てられた。貧しい農家のことです、実の子供達にも充分に食べさせることもできないのに、どうしてお花がひもじい思いをしないで済みましょう。むろん着物は一張羅で着たきり雀、欲しい物があっても誰も買ってはくれませぬ。欲しいという気持ちを持つことすら、諦めていたのでしょう」

秋の表情から険しい色が消えて、じっと朝日の口元を見詰めた。

「それがこの屋敷に拾われて、女中見習いになったのです。見るもの、聞くもの、皆夢の中の出来事のようであったでしょう。そんな暮らしに馴染む間もなく、お花はお秋のお守り袋を拾いました。お花だって若い娘です、今までに見たこともないきれいなお守り袋を見て、ふっとこれが欲しいと思いました。可哀想にこの子は、買うとかねだるとかいうことを知らずに育ってきたのですよ。欲しい物を手に入れるには、盗るしか思いつかないのです。夜具の中に押し込んだのは、考えるより先に手が動いたのでしょう。魔が差すというのは、まさにこのことなのですね」

朝日はそう言ってから、今度は花の顔を正面から見据えた。

「お花、この屋敷に盗人(ぬすっと)を置いておくことはできませぬ。けれどもしお秋が許してくれるなら、もう一度だけお花に機会を与えます。もう二度と人の物に手をつけないと誓えますか」

「お秋様、おらをぶつなり蹴るなり好きにしてくれ。もう二度とこんな真似はしない。ただ、おらはこの屋敷にいたい。この屋敷を出されたら、もうどこにも行くところがないのだ」

秋は花のすがるような目の色をじっと見ていたが、やがて右手の親指と人差し指で輪を作って、花の額をぴんと強く弾いた。

「はい、これでおしまい」

秋は笑って、大粒の涙が頬を走る花を抱きしめた。花はさらに身をよじって泣きじやくった。

「奥方様からお花の身の上をうかがって、私は何年か前の自分を思い出していたのです。私の父は郎党でしたが石堂家の郎党の方々と違って、一日の半分以上は野良仕事に明け暮れておりました。しかも私は五人兄弟の長女ですから、小さい頃からその手伝いをやらされていました。むろん食べる物も充分にはなく、何か欲しい物があっても親にねだるなどということは思いもよりませんでした」

秋は語るにつれて穏やかな表情になって、言葉を重ねた。

「ですからこのお屋敷に奉公に上がった時には、お腹一杯食べられるだけでこの上なく幸せでございました。初めてのお給金で髪飾りを買った時のうれしさも、昨日のことのように覚えております。でもいつの間にか恵まれた今の暮らしに慣れきってしまって、そういう素直な感激を忘れてしまっていたようでございます」

秋は花の両の肩に手を置いて、温かい声音で言った。

「お花、このお守り袋はお花にやってもいいのです。でも今は我慢しなさい。初めて貰ったお給金で買ってこそ、お花の一生の宝物になるのですからね」

「よくぞ申しました。お花、お秋のような朋輩(ほうばい)に恵まれたことに感謝しなければなりませんよ。それからお秋、もう一つやってもらわなければならないことがあります。女中達は今頃、この盗難騒ぎで持ちきりでありましょう。そこでお秋はお花と一緒に皆のところへ行ってこう言って欲しいのです。

『お守り袋がなくなったので、てっきりお花に盗られたものと思って騒いでしまいました。でもよく聞いてみると、お花は廊下でこれを拾い、夕餉の時にでも誰か落とした者はないかと訊くつもりであったというのです。頭から疑ってかかった私が、とんだ思い違いをしておりました。皆様、このことはなかったものとして忘れてくだされ』」

「心得ております」

秋はさっぱりとした爽やかな笑顔で頷いた。秋は表裏のない性格の良い娘だが、それ以上に頭の巡りが早く、ここでは朝日と花に恩を売って丸く収めるのが得策と計算しているのに違いない。こういう気働きが表に出るといやみになりかねないが、押しつけがましいところが一切なく、どこまでも爽やかなのがこの娘の取柄だった。

どの郎党が女中長屋の誰のところに通うかは、郎党や女中の間では公然の秘密で、それは朝日の耳にも入っていた。朝日が感心したのは、郎党達の好みがまことに鮮やかなことであった。

どんなに器量がよくても、それを鼻に掛けて人を見下したり、仕事の手を抜いたり、朋輩の悪口を言ったりする娘は、やがて潮が引くように誰からも相手にされなくなる。逆に器量は十人並みでも、気立てがよくて骨惜しみせずによく働き、困っている朋輩がいれば親身になって面倒を見るような娘は、何人もの郎党の奪い合いになる。

　郎党達は遊び心からではなく、いい嫁になってくれそうな娘を求めて女中長屋に忍ぶのだから、働き者で性格が明るく人付き合いのよい娘に人気が集中するのは当然といえば当然である。

　逆に言えば、娘達は常に郎党達の評判を念頭に置いて、自分の行動を律している。

　今日の守り袋の紛失の件も、早速今晩のうちに郎党達の間に噂話として広まるに違いない。秋が花を許さずにうじうじと責め続けていれば、「なんとあいつも底意地が悪い」と悪評判が立つだろうし、ここで気持ちよく笑って花を許せば、「なかなか気風(きっぷ)のいい娘だ」と人気が上がるであろう。

　秋はそこまで考えて、花と仲直りをしたのだ。このことを根に持って、後々まで尾を引くことはあるまい。

　やっと安心した表情の雅が二人を連れて出て行く背後から、朝日は優しく声を掛けた。

「お花、夕餉の片付けが済んだら、もう一度この部屋にいらっしゃい」

　夕餉を済ませたあと、一徹が書見台に分厚い本を広げて読み始めたのを見て、朝日は自室に移った。手燭(しゅしょく)から燭台に火を移してから、なおも手燭を掲げて戸棚から木の箱を探し出したところに、廊下で花の声がした。

「お入りなさい」

部屋の中央に、朝日は花と向かい合って座ると、手にした箱の蓋を開けた。中には色とりどりの端切れ（はぎ）が入っていた。

「お守り袋の縫い方を教えましょう。好きな切れを選びなさい」

「おらに縫えるのか」

花は思いもかけない朝日の言葉に、驚きの声を上げた。

「花は手先が器用です。すぐに上手に縫えますよ」

女中見習いになるまでの十日ほど、朝日は花を手元に置いていろいろなことを教えたが、郎党の傷んだ稽古着をほぐして雑巾を縫わせたことがあった。運針（うんしん）を覚えさせるのが目的であったが、三枚、四枚と縫い上げる間に目に見えて針の動きが滑らかになり、生まれて初めて針を持ったとは思えないほどのきれいな仕上がりをみせた。

裁縫が得意の朝日にしてみれば、花は教え甲斐のある弟子であった。

花は箱の中身を板敷きの上に並べてしばらく眺めていたが、やがておずおずともみじの模様の端切れを取り上げた。それは花の年にはふさわしくない落ち着いた色調で、生地自体もむしろ安価なものであった。

「もっと華やかな生地をお選びなさい」

遠慮していると思ってそう言った朝日に、花はおずおずと答えた。

「でも、初めからうまくはいかないから」

花なりに考えているのを知った朝日は、懐から自分の守り袋を出して見せた。金糸、銀糸の刺繍を施したそれは、秋のものとは段違いに豪華で高貴な雰囲気を漂わせていた。

「これは、私が縫ったものです。これをお手本にしましょう」

朝日は中のお守りを抜いてから、花に守り袋を手渡してじっくりと調べさせた。

「いいですか、一枚の切れをこのように縫い上げるのですよ」

朝日は花が選んだ端切れをゆっくりと折り曲げて、花の目の前で守り袋の形を作って見せた。

「まず端切れのうち、要らない部分を切り落とさなければなりませぬ」

朝日は噛んで含めるように、ゆっくりと指示を与えた。花はためらいがちにはさみを手にすると、緊張した手つきで端切れを切り始めた。

朝日が花に守り袋を作らせようと思いついたのは、それが初心者にも難しいところがない簡単な作りになっているからであった。はたして小半刻（三十分）もしないうちに、花は朝日の手を一度も借りずに守り袋を完成させた。

「上手ですよ。初めてでそれだけできれば、たいしたものです」

朝日は花にゆったりと微笑んでみせた。ぽっと頬を上気させた花は、自分のしたことが信じられないという風情で、その守り袋を見詰めていた。

しばらくして、花は顔を上げた。

「もう一枚、切れを貰えるか」

「いいですよ。でも、お守り袋を二つも作ってどうするのです」

「一つは、お秋様に差し上げるだ」

花は女中仲間から自分をかばってくれた秋の温情に対して、今自分にできるたった一つのことで報いたいというのであろう。朝日はこの娘の切ない心情に涙がこぼれる思いであった。

「お秋には、これなど似合いでありましょう」

朝日が選んだのは、白地に華やかに桜を散らした錦の切れであった。花の知らないことだが、これは朝日の婚礼衣装の端切れなのである。花は頬を紅潮させて、その切れを摑んだ。

六

一徹が遠乗りから戻ってきて着替えを済ませ、自室へ戻ってきたのは申の刻（午後四時）を回ってからであった。七月の半ばとあって酷暑の頃だから、この時刻になってもまだ吹く風にも熱気がこもっている。朝日は四方の襖を開け放したまま、生後二ヶ月を過ぎたばかりの青葉に乳を含ませていた。

「おう、青葉は起きておったか。どうだ、よく乳を飲むか」

「よく飲むどころか。あまりに強く吸うので、胸が痛くなるほどでございますよ」

朝日は乳がよく出る体質なので足りないということはなかったが、我が子ながらその飲みっぷりには呆れるほどであった。男児ならばどんなに大きく育ってもよいが、青葉は女児なのだから、自分より大きくなるようでは将来が心配な気がする。

「よい、よい。青葉、早く大きくなれ。お前は日を追って可愛くなる。見ろ、俺が来るとにこにこと笑うではないか」

一徹は無心に母親の乳にむしゃぶりつく赤子を覗き込んで、相好を崩して目を細めた。この表情を目にしたら、これが村上家随一の荒武者とは誰も信じないに違いあるまい。

青葉が生まれた時から、この男は朝日も想像していなかったほどの子煩悩振りを発揮していた。ちょうど新緑の盛りで、野山が濃淡様々な萌えるばかりの新緑で鮮やかに彩られているのを見て、一徹はためらうことなくこの子に『青葉』という名を与えた。

　その態度には、生まれてきた子供が男児でなかったことを残念がる気配はまったくなく、一抹の不安を抱いていた朝日をほっとさせるのに充分なものがあった。

「まだ二ヶ月では、人を見分けることはできませんよ。母親の私だけは何とか分かっているのでしょうが、それ以外の人は誰が誰やら区別はできますまい」

「そんなことはない。父上や母上に抱かれた時と、俺が抱いた時では笑顔が違うぞ」

　朝日は噴き出してしまった。

（笑うといっても、二ヶ月の赤子にそうした感情があるわけではなく、抱かれた心地よさに顔の筋肉が無意識に反応しているだけでしょうに）

　一徹のわが子に対する濃密な愛情表現は、それが子供っぽいほどに素直なものであるだけに、朝日にとっては目を洗われるように新鮮な印象であった。一徹も外に対しては時に厳しい表情を見せることもあるが、身内に寄せる情の深さは石堂家特有のもののように思われた。

　やがて授乳が済むと、一徹は青葉を抱いて縁側に出た。まだ首も据わっていないだけに朝日も最初は心配だったが、この父親はまるで人一倍大きな両の手の平だけで赤子を抱いているように、右手で赤子の頭をすっぽりと包み込み、左手で腰を支えてぴたりと安定していた。

「青葉、あの楓の木が見えるか。あの緑の葉が、あと三月もすれば見事に紅葉するのだぞ」

何も分かるはずのない幼い娘に優しく語りかけていた一徹は、そこでふっと真顔になって朝日を振り返った。

「朝日、松の木に留まっているあの鳥を今までに見たことはあるか」

朝日は立って廊下に出た。庭の奥に松の巨木があるが、その中ほどの太い枝に体長二尺近い一羽の褐色の鳥がゆったりと羽を休めていた。一目で猛禽類と分かる曲がった鋭い嘴と射るような眼光を備えたその鳥は、上半身は焦げ茶、下は淡い茶色で尾羽に黒い帯がある。

「いえ、あのような鳥は今初めて見ました。なんという鳥でございますか」

「八角鷹だ」

「面白い名前でございますね」

朝日は、微笑しながら言葉を続けた。

「見たところ鷲か鷹の仲間と思われますのに、蜂とか熊に何の関係がありますのか」

「あの鳥は、外見が角鷹によく似ている。しかし角鷹がねずみや蛙といった小動物を好んで食べるのに対して、八角鷹は巣を作る蜂を主食としておる。雀蜂とか足長蜂の巣を見つけては、巣を壊して蜂の子や蛹を貪り食らうのだ」

「しかし雀蜂と言えば、刺されれば人間でも命にかかわりましょう。巣を襲われればたくさんの蜂が必死で戦いましょうに、八角鷹は平気なのでございますか」

「これは猟師に聞いた話だが、八角鷹には硬い羽毛が密生しているので、どんな蜂の針も貫けぬそうだ。いかなる敵にも怯むことなく勇敢に立ち向かう雀蜂も、八角鷹に狙われるとすぐに諦めて退散してしまうというから驚くではないか」

そう説明しながら、一徹は厳しく眉を寄せた。

「八角鷹が姿を見せたということは、この付近に雀蜂のような大型の蜂の巣があるのかもしれぬ」

朝日は一徹の表情を見て、ようやく事態の深刻さが飲み込めた。雀蜂の巣が近くにあるとすれば、蜂が屋敷の部屋に紛れ込んで、何かの弾みで人を刺すことがあるかもしれない。成人でも命にかかわることがあるとなれば、二ヶ月の乳児などひとたまりもないに決まっているではないか。長子を授かったばかりの母親としては、とても一徹の心配を取り越し苦労とは思えなかった。

「どういたされます」

一徹は手を叩いて人を呼んだ。すぐに萩が姿を見せたが、その時にはすでに八角鷹は悠然と羽を広げてどこかへ飛び去っていた。

「お萩、誰かに命じて猿をここへ来させてくれ」

朝日が青葉を抱き取って寝かしつけている間に、駒村長治の小さな体が庭先に姿を見せてうずくまった。

「お召しでございますか」

「おう、猿は八角鷹を知っているか」

「存じております。蜂を餌にする鷹でございましょう」

「その八角鷹が、さっきその松の枝に留まっておったのだ」

いつも微笑を含んでいる長治の顔が、一瞬に引き締まった。

「いや、たまたまその枝で羽を休めていただけかもしれぬ。しかし念のために、蜂の巣があるかどうか、調べてはくれぬか」

「かしこまって候」

言葉だけはおどけていたが、長治の表情は真剣であった。子供の頃に仲間が雀蜂に首筋を刺されて死んだのを覚えているこの少年は、八角鷹と聞いただけですべてを了解して走り去った。

暮れなずむ空にようやく夕闇が迫る頃になって、駒村長治は一徹の居室に顔を見せて報告した。

「女中や郎党達に聞き込みをしましたが、最近屋敷の周りで大きな蜂が頻繁に飛び回っているのを目撃した者はおりませぬ。また私自身で屋敷の周囲の地面を調べ、軒下や屋根裏に巣がありはしないかと覗いてみましたが、何の痕跡もございませんでした。ただ軒下や戸袋に足長蜂の巣がいくつかありましたので、目についた限りは取り除いておきました」

肉食性の雀蜂は、巣を作る性質のある足長蜂も餌にしている。餌が豊富にあるとなれば、雀蜂がここに巣を作る可能性は充分にある。長治はそれを憂慮して、事前に対処しておいたのだ。

「猿、ようやった。褒美を取らすぞ」

一徹は用意しておいた銀を二枚与えようとしたが、長治は手を振って固辞した。

「滅相もございませぬ。郎党の手柄とは戦場での働きでございます。雀蜂の巣がないことを確認しただけで褒美をいただけるのならば、郎党は誰もいくさに行かずに屋敷の周りをうろついておりましょう」

「長治、それでは私が小袖を一枚縫わせてもらいましょう。ここで、寸法を測らせてください」

朝日の言葉に、長治は爽やかな笑顔を見せた。

「朝日様の手作りの小袖となれば、郎党仲間にも自慢ができます。遠慮なく頂戴いたします。それに私ならば、若の半分も生地が要りませんし」

　朝日が長治を立たせて採寸している間に、女中達が一徹夫妻の夕餉を運んできた。長治が台所に隣接する食事用の大部屋に移動するのを待って、朝日は青葉の世話は萩に任せ、一徹と向かい合って箸を取った。

　朝日が青葉を寝かしつけて一徹の居室に行ってみると、一徹は部屋の中央に大きな切れを広げた上に座って、一心に何かを彫っていた。

「今度は何でございますか」

　まだ仕事に掛かったばかりで、長さ幅ともに一尺ほどの材木の周囲を粗く削っただけなので、そこから何が彫り出されるのか、朝日には見当もつかなかった。

「蛙だ」

「これはまた、変わった玩具でございますね」

「いや、可愛い形になろうぞ。青葉に物心がつけば、さぞ喜んで遊ぶであろう」

「一徹様も随分とお気が早い。青葉に物心がつくのは、まだまだ先でございますよ」

「この材は一位だ。赤身と称する木の芯の部分なのでこのように赤いが、年月が経つうちには深みのある飴色に変わる。青葉の気に入ると思うぞ」

　一徹は手元に五、六本の鑿(のみ)を並べ、話しながらも慣れた手つきで彫り続けていた。

　朝日が一徹の木彫を目にしたのは、この屋敷に輿入れしてきて初めて玄関に上がった時であった。そこに、岩頭に立って鋭い目であたりを睨んでいる見事な鷲の彫刻が飾られていた。

その息を呑むような精緻な出来栄えから、朝日はてっきりそれが名のある彫物師の作だとばかり思い込んでいた。ところが訊いてみると、何と一徹が彫ったものだと言うではないか。

「お戯れを」

朝日は信じられなかった。その造形の見事さといい、羽の一枚一枚まで徹底して彫り込む技巧といい、到底素人が片手間に作れるような代物ではなかったからだ。

しかし一徹は、淡々として言葉を重ねた。

「坂木の村上館の玄関には、太い松の枝からまさに飛び立とうとしている鷲の木彫が飾ってある。あれも私の作だ」

「本当なのでございますか」

この武勇の誉れ高い若武者に、このような余技の域を遥かに超えた芸があるとはまさに意外であった。

「七、八年前のことだ。上書院を増築する際に、腕のいい大工の職人がいて、あの欄間の彫物を一人で作ったのだ。私はあの牡丹を彫り込む技量に感嘆して、その職人に弟子入りしたのさ。ほんの二ヶ月ほどの修業だったが、私は木彫の形の取り方と鑿の使い方を徹底的に叩き込まれた。あとは折に触れて自分で工夫したのだ」

この時代、木彫といえば仏像か欄間の装飾が主で、鷲とか熊とか鹿とかの身の回りの生き物を、独立した作品として写実的に彫り上げる作品はほとんど例を見ない。欄間の装飾を彫った職人も木彫の基本を教えただけで、一徹は独学で自分の世界を作り上げたのであろう。

「今でも、年にいくつかは作っている。いくさに明け暮れていると、どうしても気持ちがすさんでくる。それに気がつくと、私は鑿を手にするのだ。気持ちが世俗を離れて、すっきりとまことに心地よいものさ」

青葉が生まれて一ヶ月が過ぎると、一徹は今度は愛娘のための玩具作りを始めた。一徹の作風が細部まで手を抜かない綿密なものだけに、乳児が手を触れて怪我をしないかと朝日は当初心配していたが、出来上がった子犬を見て安心した。

思い切って省略を利かせた丸みのある造形で、どこにも角張ったところがなく、しかも子犬の表情、仕草がとても可愛らしい。大きさも一尺足らずで、転がっても怪我をするような重量ではない。

（一徹様は私が考えるようなことはすべてお見通しで、青葉の安全に配慮した玩具を作ってくださっているのだ。それにしてもこのような世に二つとない玩具を作ってもらえる青葉は、なんと幸せなことでございましょう）

二作目は目を覚まして伸びをしている子猫で、これも朝日が自分用に欲しくなるほどの見事な造形であった。そして三作目が、今日の蛙なのである。

一徹の鑿は休むことなく動き、座って首をもたげている蛙の姿が次第に一位の材から浮かび上がってきた。玩具であるため彫りは細部を省略しなければならないので、造形の構図が命だということが、今では朝日にもよく分かっている。

一刻ほどして、一徹は鑿を置いて作品をしばらく表から裏から眺めていたが、やがてその蛙の像を朝日の前に置いた。

「出来上がりでございますか」

朝日はそう言ってその木彫を眺めたが、虚勢を張って思い切り体を膨らませながら自分を睨んでいる蛙の姿に、思わず噴き出してしまった。

（下巻に続く）

本書は二〇一二年三月、双葉文庫で刊行された『奔る合戦屋 上』を
加筆・修正のうえ再文庫化したものです。

編集協力　株式会社アップルシード・エージェンシー

巻頭地図　ワタナベケンイチ

奔る合戦屋　上

二〇二四年　五　月一〇日　初版印刷
二〇二四年　五　月二〇日　初版発行

著　者　北沢秋
発行者　小野寺優
発行所　株式会社河出書房新社
〒一六二-八五四四
東京都新宿区東五軒町二-一三
電話〇三-三四〇四-八六一一（編集）
〇三-三四〇四-一二〇一（営業）
https://www.kawade.co.jp/

ロゴ・表紙デザイン　粟津潔
本文フォーマット　佐々木暁
本文組版　KAWADE DTP WORKS
印刷・製本　TOPPAN株式会社

Printed in Japan　ISBN978-4-309-42101-8

天下奪回

北沢秋　41716-5

関ヶ原の戦い後、黒田長政と結城秀康が手を組み、天下獲りを狙う戦国歴史ロマン。50万部を超えたベストセラー〈合戦屋シリーズ〉の著者による最後の時代小説がついに文庫化！

八犬伝　上

山田風太郎　41794-3

宿縁に導かれた八人の犬士が悪や妖異と戦いを繰り広げる雄渾豪壮な『南総里見八犬伝』の「虚の世界」。作者・馬琴の「実の世界」。鬼才・山田風太郎が二つの世界を交錯させながら描く、驚嘆の伝奇ロマン！

八犬伝　下

山田風太郎　41795-0

仇と同志を求め、離合集散する犬士たち。息子を失いながらも、一大決戦へと書き進める馬琴を失明が襲う――古今無比の風太郎流『南総里見八犬伝』、感動のクライマックスへ！

現代語訳 南総里見八犬伝　上

曲亭馬琴　白井喬二〔現代語訳〕　40709-8

わが国の伝奇小説中の「白眉」と称される江戸読本の代表作を、やはり伝奇小説家として名高い白井喬二が最も読みやすい名訳で忠実に再現した名著。長大な原文でしか入手できない名作を読める上下巻。

現代語訳 南総里見八犬伝　下

曲亭馬琴　白井喬二〔現代語訳〕　40710-4

全九集九十八巻、百六冊に及び、二十八年をかけて完成された日本文学史上稀に見る長篇にして、わが国最大の伝奇小説を、白井喬二が雄渾華麗な和漢混淆の原文を生かしつつ分かりやすくまとめた名抄訳。

妖櫻記 上

皆川博子　41554-3

時は室町。嘉吉の乱を発端に、南朝皇統の少年、赤松家の姫、活傀儡に異形ら、死者生者が入り乱れ織り成す傑作長篇伝奇小説、復活！

妖櫻記　下

皆川博子

41555-0

阿麻丸と桜姫は京に近江に流転し、玉琴の遺児清玄は桜姫の髑髏を求める中、後南朝の二人の宮と玉璽をめぐって吉野に火の手が上がる……！　応仁の乱前夜を舞台に当代きっての語り手が紡ぐ一大伝奇、完結篇

室町お伽草紙

山田風太郎

41785-1

足利将軍家の姫・香具耶を手中にした者に南蛮銃三百挺を与えよう。飯綱使いの妖女・玉藻の企みに応じるは信長、謙信、信玄、松永弾正。日吉丸、光秀、山本勘介らも絡み、痛快活劇の幕が開く！

婆沙羅／室町少年倶楽部

山田風太郎

41770-7

百鬼夜行の南北朝動乱を婆沙羅に生き抜いた佐々木道誉、数奇な運命を辿ったクジ引き将軍義教、奇々怪々に変貌を遂げる将軍義政と花の御所に集う面々。鬼才・風太郎が描く、綺羅と狂気の室町伝奇集。

笊ノ目万兵衛門外へ

山田風太郎　縄田一男〔編〕

41757-8

「十年に一度の傑作」と縄田一男氏が絶賛する壮絶な表題作をはじめ、「明智太閤」、「姫君何処におらすか」、「南無殺生三万人」など全く古びることがない、名作だけを選んだ驚嘆の大傑作選！

柳生十兵衛死す　上

山田風太郎

41762-2

天下無敵の剣豪・柳生十兵衛が斬殺された！　一体誰が彼を殺し得たのか？　江戸慶安と室町を舞台に二人の柳生十兵衛の活躍と最期を描く、幽玄にして驚天動地の一大伝奇。山田風太郎傑作選・室町篇第一弾！

柳生十兵衛死す　下

山田風太郎

41763-9

能の秘曲「世阿弥」にのって時空を越え、二人の柳生十兵衛は後水尾法皇と足利義満の陰謀に立ち向かう！『柳生忍法帖』『魔界転生』に続く十兵衛三部作の最終作、そして山田風太郎最後の長篇、ここに完結！

オイディプスの刃

赤江瀑　41709-7

夏の陽ざかり、妖刀「青江次吉」により大迫家の当主と妻、若い研師が命を落とした。残された三人兄弟は「次吉」と母が愛したラベンダーの香りに運命を狂わされてゆく。幻影妖美の傑作刀剣ミステリ。

信玄忍法帖

山田風太郎　41803-2

信玄が死んだ⁉　徳川家康は真偽を探るため、伊賀忍者九人を甲斐に潜入させる。迎え撃つは軍師山本勘介、真田昌幸に真田忍者！　忍法春水雛、煩悩鐘、陰陽転…奇々怪々な超絶忍法が炸裂する傑作忍法帖！

外道忍法帖

山田風太郎　41814-8

天正少年使節団の隠し財宝をめぐって、天草党の伊賀忍者15人、由比正雪配下の甲賀忍者15人、大友忍法を身につけた童貞女15人による激闘開始！怒濤の展開と凄絶なラストが胸を打つ、不朽の忍法帖！

忍者月影抄

山田風太郎　41822-3

将軍の妾を衆目に晒してやろう。尾張藩主宗春の謀を阻止せんと吉宗は忍者たちに密命を下す！氷の忍者と炎の忍者の洋上対決、夢を操る忍者と鏡に入る忍者の永劫の死闘など名勝負連発、異能バトルの金字塔！

菊帝悲歌

塚本邦雄　41932-9

帝王のかく閑かなる怒りもて割く新月の香のたちばなを――新古今和歌集の撰者、菊御作の太刀の主、そして承久の乱の首謀者。野望と和歌に身を捧げ隠岐に果てた後鳥羽院の生涯を描く、傑作歴史長篇。

羆撃ちのサムライ

井原忠政　41825-4

時は幕末。箱館戦争で敗れ、傷を負いつつも蝦夷の深い森へ逃げ延びた八郎太。だが、そこには――全てを失った男が、厳しい未開の大地で羆撃ちとなり、人として再生していく本格時代小説！

東国武将たちの戦国史

西股総生　41796-7

応仁の乱よりも50年ほど早く戦国時代に突入した東国を舞台に、単なる戦国通史としてだけではなく、戦乱を中世の「戦争」としてとらえ、「軍事」の視点で戦国武将たちの実情に迫る一冊。

天下分け目の関ヶ原合戦はなかった

乃至政彦／高橋陽介　41843-8

石田三成は西軍の首謀者ではない！家康は関ケ原で指揮をとっていない！小早川は急に寝返ったわけではない！…当時の手紙や日記から、合戦の実相が明らかに！ 400年間信じられてきた大誤解を解く本。

裏切られ信長

金子拓　41868-1

織田信長に仕えた家臣、同盟関係を結んだ大名たちは“信長の野望”を恐れ、離叛したわけではなかった。天下人の“裏切られ方”の様相を丁寧に見ると、誰も知らなかった人物像が浮上する！

完全版　本能寺の変　431年目の真実

明智憲三郎　41629-8

意図的に曲げられてきた本能寺の変の真実を、明智光秀の末裔が科学的手法で解き明かすベストセラー決定版。信長自らの計画が千載一遇のチャンスとなる⁉　隠されてきた壮絶な駆け引きのすべてに迫る！

史疑　徳川家康

榛葉英治　41921-3

徳川家康は、若い頃に別人の願人坊主がすり替わった、という説は根強い。その嚆矢となる説を初めて唱えたのが村岡素一郎で、その現代語訳が本著。2023ＮＨＫ大河ドラマ「どうする家康」を前に文庫化。

完本　チャンバラ時代劇講座　1

橋本治　41940-4

原稿枚数1400枚に及ぶ渾身の大著が遂に文庫化！文学、メディア、芸能等の歴史を横断する、橋本治にしか書けないアクロバティックなチャンバラ映画論にして、優れた近代日本大衆史。第三講までを収録。

完本　チャンバラ時代劇講座　2

橋本治　41941-1

原稿枚数1400枚に及ぶ渾身の大著が遂に文庫化！文学、メディア、芸能等の歴史を横断する、橋本治にしか書けないアクロバティックなチャンバラ映画論にして、優れた近代日本大衆史。

大河への道

立川志の輔　41875-9

映画「大河への道」の原作本。立川志の輔の新作落語「大河への道」からの文庫書き下ろし。伊能忠敬亡きあとの測量隊が地図を幕府に上呈するまでを描く悲喜劇の感動作！

伊能忠敬　日本を測量した男

童門冬二　41277-1

緯度一度の正確な長さを知りたい。55歳、すでに家督を譲った隠居後に、奥州・蝦夷地への測量の旅に向かう。艱難辛苦にも屈せず、初めて日本の正確な地図を作成した晩熟の男の生涯を描く歴史小説。

伊能忠敬の日本地図

渡辺一郎　41812-4

16年にわたって艱難辛苦のすえ日本全国を測量した成果の伊能図は、『大日本沿海輿地全図』として江戸幕府に献呈された。それからちょうど200年。伊能図を知るための最良の入門書。

五代友厚

織田作之助　41433-1

ＮＨＫ朝の連ドラ「あさが来た」のヒロインの縁故者、薩摩藩の異色の開明派志士の生涯を描くオダサク異色の歴史小説。後年を描く「大阪の指導者」も収録する決定版。

完全版 名君 保科正之

中村彰彦　41443-0

未曾有の災害で焦土と化した江戸を復興させた保科正之。彼が発揮した有事のリーダーシップ、滕元会津藩に遺した無私の精神、知足を旨とした暮し、武士の信念を、東日本大震災から五年の節目に振り返る。

著訳者名の後の数字はISBNコードです。頭に「978-4-309」を付け、お近くの書店にてご注文下さい。